TU, LA OSCURIDAD

colección andanzas

MAYRA MONTERO
TU, LA OSCURIDAD

1.ª edición: junio 1995

© Mayra Montero, 1995

Diseño de la colección: Guillemot-Navares
Reservados todos los derechos de esta edición para
Tusquets Editores, S.A. — Iradier 24, bajos — 08017 Barcelona
ISBN: 84-7223-883-0
Depósito legal: B.13.026-1995
Fotocomposición: Foinsa — Passatge Gaiolà, 13-15 — 08013 Barcelona
Impreso sobre papel Offset-F Crudo de Leizarán, S.A. — Guipúzcoa
Libergraf, S.L. — Constitución, 19 — 08014 Barcelona
Impreso en España

Indice

A la memoria de mi padre

La autora agradece la ayuda de los herpetólogos puertorriqueños, doctores Juan A. Rivero y Rafael Joglar, así como la de los miembros del Task Force on Declining Amphibian Populations, con sede en Oregon. A ellos también va dedicado este libro

Oveja azul

Un astrólogo tibetano le predijo a Martha que yo moriría en un incendio.

Lo recordé tan pronto como Thierry comenzó a hablar de los banquetes de su infancia. Fue una asociación gratuita, porque él en realidad trataba de decirme el nombre de una fruta que había probado una sola vez en su vida, siendo todavía muy niño, cuando enfermó, creo, de paludismo, y su padre para consolarlo le llevó a la cama ese manjar lejano. Deduje por la descripción que se trataba de una pera. Thierry se reía bajito: aquella fruta era como de carne santa y él no había vuelto a tener entre sus labios nada parecido.

Estábamos tumbados en la maleza y lo dejé que hablara un rato. Es imposible pretender que un hombre como Thierry permanezca callado mucho tiempo. Acabábamos de grabar la voz de un ejemplar precioso, un sapito de vientre azul que sólo se deja ver una semana al año, y pensé que la felicidad de haber captado ese sonido me ayudaba a ser condescendiente. Fue acaso esa felicidad, y no el relato acerca de la pera, lo que me obligó a pensar en la muerte, en *mi muerte*, y en lo que le habían dicho a Martha en Dharamsala. «Dijeron que mi marido moriría quemado», me parecía escuchar su voz, enfurecida porque le sugerí que a lo mejor había un malentendido, «y mi único marido, hasta donde yo sé, eres tú.»

Thierry continuaba añorando lo bien que se comía en Jérémie treinta o cuarenta años atrás, y yo concluí que era bastante irónico que alguien me vaticinara aquel final, teniendo en cuenta el tiempo que pasaba sumergido en charcas y lagunas, duchándome a la brava bajo los aguaceros de la ciénaga, arrastrándome por las orillas de los ríos con la boca llena de lodo y los párpados bordados de mosquitos. Eso también se lo dije a Martha.

«No es ninguna garantía», replicó ella, dichosa de llevarme la contraria, «uno se muere quemado en un avión, en un cuarto de hotel, hasta en un bote, mira, tan cerquita del agua...»

De Dharamsala, Martha se trajo aquel abrigo. Era un regalo de Bárbara, la amiga que la acompañó en el viaje. Lo encontré algo basto, pero ella alegó que era de lana de oveja azul, ¿había oído hablar alguna vez de aquella oveja? Era el bocado predilecto del leopardo de las nieves. La miré fijo y me sostuvo la mirada: aquella prenda era la mejor prueba de que Martha, a su vez, era el bocado predilecto de Bárbara.

Cuando se tiene una profesión como la mía, es facilísimo captar ciertas señales, identificar ciertos olores, reconocer los movimientos previos al *amplexus* (así llamamos al abrazo sexual entre las ranas) que se avecina. Martha se negó a que la acompañara en aquel viaje —años atrás, recién casados, hablábamos a menudo de un futuro viaje a la India—, pero no lo dijo así, lo calculó y lo dijo con mayor crueldad si cabe: ya que yo tenía que volar a Nashville para mi congreso —dijo «tu congreso»—, ella aprovecharía para tomarse un par de semanas y organizar un viaje con su mejor amiga. En ese momento evitó mencionar el lugar adonde irían y yo le seguí la corriente, me prometí no hacerle ni una sola pregunta y fui confirmando mis sospechas poco a poco: por los folletos que repentinamente aparecieron en la casa, un par de libros sobre la placa indostánica —Bárbara es geóloga— y finalmente por los billetes de avión. Martha los guardaba en su maletín y una noche decidió sacarlos y los colocó sobre la mesa grande del estudio, era obvia la intención de que yo los descubriera allí, de que los examinara sin decir palabra y comprendiera. Se necesita mucha comprensión.

Poco antes de partir, comentó que me dejaba en el ordenador una lista con los nombres de los hoteles y las fechas aproximadas en que se hospedaría en cada uno de ellos. Agregó riéndose que había identificado el documento con el nombre de «periplo hindú» y yo disimulé que no la había escuchado. En el último minuto se negó también a que la acompañara al aeropuerto: una amiga de Bárbara se había ofrecido para llevarlas a ambas, de modo que nos despedimos en casa —esa misma noche salía mi vuelo hacia Nashville— sin una insinuación, sin un reproche, supuse que el más mínimo intento de pedirle explicaciones me iba a resultar humillante.

Thierry dice a menudo que lo malo no es que un hombre sienta miedo de morir, lo malo de verdad es que un hombre nunca piense en la muerte. No lo dice con esas palabras, acaso use otras mejores, más adecuadas. Thierry es de una elocuencia grave, profunda, casi bíblica. Cuando Martha regresó, mucho más tarde de lo que había planeado, traía aquel abrigo de oveja azul como quien trae un trofeo, y la certeza humeante de la clase de muerte que me esperaba en esta vida actual, —ella subrayó lo de «tu vida actual»—. Entonces caí en la cuenta de que durante todo el tiempo que habíamos estado separados yo no pensé una sola vez en la posibilidad de que ella, de algún modo, me estaba abandonando. Preguntó como por cortesía qué reacción había causado mi ponencia, pero no tuve tiempo de contestarle, hubo una interrupción, alguien la llamó por teléfono, ella fue breve y regresó a mi lado, incluso se sintió obligada a intentarlo una segunda vez, ¿qué tal lo había pasado en Nashville?

En Nashville precisamente había surgido la idea de esta expedición, pero no se lo dije. Pocas horas antes de regresar a casa, recibí una invitación para cenar, era una cartulina blanca con el dibujo en relieve de una ranita gris: el doctor Vaughan Patterson, eminente herpetólogo australiano, me esperaba a las ocho en el restaurante Mère Bulles, que hiciera el favor de ser puntual.

Me sentí tan halagado que tomé una precaución extraordinaria: corrí a la maleta para ver si tenía una camisa limpia y una chaqueta de vestir. A las siete en punto salí del hotel y eché a caminar por la Commerce Street, que es la calle que desemboca justamente en la Segunda Avenida, frente por frente al restaurante. Se trataba de un breve paseo que no podía tomarme más de quince o veinte minutos, pero yo deseaba estar allí para cuando Patterson llegara. Tenía fama de ser hombre impaciente, se encolerizaba con facilidad y despreciaba a los colegas que le hablaban de algún asunto ajeno a los anfibios. Cualquiera de ellos, sin embargo, se hubiera disputado el privilegio de compartir su mesa. Patterson era la mayor autoridad viviente en todo lo que concernía a los anuros africanos; sus trabajos con los axolotl de Tasmania eran leyenda y se ufanaba de conservar con vida, cuando ya la especie se consideraba extinta, al último ejemplar de *Taudactylus diurnus*, sobreviviente de una colonia que él mismo había criado en su laboratorio de Adelaida.

Cuando entré al restaurante, cuarenta minutos antes de la hora prevista, Patterson ya estaba allí. Sonrió tímidamente, diríase que con tristeza, me felicitó por la ponencia y me ofreció una silla a su lado. Noté que tenía una piel como de celofán y unas manos frágiles, pequeñas, algo rígidas. Con una de esas manos se puso a dibujar sobre la servilleta, lo vi afanarse en el dibujo de una rana y ni siquiera levantó la vista cuando el camarero le trajo su bebida. *Eleutherodactylus sanguineus,* escribió al final, encajando su letra diminuta entre las patas del animal. Me tendió el dibujo:

—Ayúdeme a buscarla —susurró—, si acaso queda alguna está en el Mont des Infants Perdus, en Haití.

Luego guardó silencio y se puso a mirar hacia el río. Desde las ventanas del Mère Bulles se ven discurrir las aguas del río Cumberland y se ven pasar, de vez en cuando, esos vapores de nostalgia. Uno de ellos, llamado *Belle Carol,* cruzaba en ese instante. Yo estaba sorprendido y me concentré deliberadamente en el dibujo. Patterson se dio cuenta y retiró la servilleta:

—No tengo tiempo ni salud para buscarla —musitó—, ¿le han dicho que padezco de leucemia?

Negué con la cabeza. Nos habían presentado tres años atrás, en el congreso de Canterbury; en aquella ocasión no intercambiamos más de diez o doce frases, y después coincidimos en una mesa redonda donde se debatía la desaparición de la *Litoria aurea.* Nos limitamos a las ranas, eso fue todo.

Patterson dobló la servilleta y se limpió las comisuras, arruinó el dibujo, desde luego. Entonces me propuso un trato: si aceptaba hacer la expedición en el otoño, el Departamento de Biología de su universidad correría con todos los gastos. A partir del momento en que le hiciera entrega de un ejemplar del *Eleutherodactylus sanguineus* («con uno me conformo»), me otorgarían una beca de dos años para investigar sobre la materia que escogiera, en el lugar que se me antojara. No necesitaba decirme, recalcó, que esperaba una respuesta inmediata.

Debo reconocer en este punto que Martha es una mujer muy suspicaz, su profesión también le permite captar en el aire la menor señal de inestabilidad o peligro. Poco a poco se fue dando cuenta de que algo importante me había sucedido en Nashville, algo relacionado con mi ponencia tal vez, el peligro consistía en que yo evitaba contárselo.

De ahí en adelante dejó de interesarse por cortesía y asumió todos los riesgos del asedio: me interrogó sobre cada detalle del congreso; preguntó por el resto de los ponentes y los temas que se habían debatido; quiso saber si se había dicho algo importante, alguna noticia inesperada, una de esas bombas que caen de pronto en medio de una conferencia y nos dejan a todos con la boca abierta. ¿Me acordaba de la vez que Corben apareció tan circunspecto para luego soltar lo de la incubación de *Rheobatrachus silus?*

Me acordaba, por supuesto. Martha era capaz de recurrir a cualquier treta con tal de sonsacarme información. Sabía que la alusión a Corben tocaba unos resortes de nostalgia, de nostalgia y de rivalidad, ambas cosas a veces se confunden dentro del corazón de un buscador de ranas, de un investigador que quiere llegar primero y asestar el golpe antes que nadie. Ella intentaba averiguar qué había pasado en Nashville, y para conseguirlo bajaba a la miseria, hurgaba en mis envidias, rebuscaba en mis pequeños dolores y fracasos. Corben era un genio con suerte.

Claro que, por otro lado, su interés no tenía que resultarme del todo extraño: Martha era también lo que se dice una mujer de ciencia. Antes de casarnos, ya habíamos escogido campos diferentes y ella se decidió por la biología marina. «En lugar de separación de bienes», decía a los amigos, «Víctor y yo estamos haciendo separación de fauna.» Pero se mantuvo siempre al tanto de mis proyectos y fue una colaboradora minuciosa desde que comencé a acumular datos sobre las desapariciones. Al principio evitábamos llamarlo de este modo y utilizábamos palabras menos violentas: «declinación» era mi favorita, «declinaban» las poblaciones anfibias; se ocultaban para siempre colonias enteras de sapos saludables; enmudecían y escaseaban las mismas ranas que apenas una temporada antes nos habíamos cansado de escuchar; enfermaban y morían, o simplemente huían, nadie podía explicar adónde ni por qué.

Sus preguntas sobre lo ocurrido en Nashville traslucían, sin embargo, una ansiedad distinta; un regusto por el detalle trivial que iba más allá de la simple curiosidad científica. Por supuesto que no le mencioné mi encuentro con Patterson, fue ella quien preguntó si había visto al australiano. Me cuidé mucho de preguntarle que a qué australiano se refería, a quién entre decenas de herpetólogos que habían llegado de Melbourne, de Sidney, de Camberra. Tampoco convenía exagerar la nota. Yo tenía que saber que el australiano, el único australiano posible en su curiosidad, era el venerado Vaughan Patterson.

Dos meses más tarde se enteró por casualidad de la inminencia de la expedición. El profesor que iba a sustituirme en el laboratorio llamó para dejar información sobre otra especie haitiana que no había sido vista en muchos años. Martha anotó el nombre de la rana: *Eleutherodactylus lamprotes*, se ocupó de recoger todos los datos y los pasó cuidadosamente a máquina, en una pequeña tarjeta. Al final escribió a mano esta frase:

«¿No te parece que Haití es un lugar peligroso para las expediciones?».

Volqué los datos en mi propio fichero y le devolví la tarjeta con una nueva frase escrita debajo de la suya:

«Ya lo dijo tu astrólogo: moriré a fuego lento en cualquier parte».

Entre 1974 y 1982, el sapo *Bufo boreas boreas*, mejor conocido como sapo del Oeste, desapareció de las montañas de Colorado y de la casi totalidad de sus hábitats americanos.

Según estudios realizados por la doctora Cynthia Carey, profesora de biología de la Universidad de Colorado, la causa de la desaparición fue una infección masiva, producida por la bacteria *Aeromonas hidrophila*. Esta infección provoca graves hemorragias, especialmente en las patas, que toman una coloración rojiza. De ahí el nombre de la enfermedad: el Mal de la Pata Roja.

Un sapo saludable no debería sucumbir a una infección por *Aeromonas*. Pero en el caso del *Bufo boreas boreas*, su sistema inmunológico falló. Todavía se ignoran las causas.

Bombardopolis

Mi padre nunca me llamó por mi nombre. Lo que se ama se respeta, decía, y no hace falta decir lo que se ama. Eso lo aprendió de su padre, que tampoco lo llamaba por su nombre a él. Era una costumbre antigua, algo que vino con el primer hombre, con el primer padre de un padre de mi padre que llegó a esta tierra desde la Guinea.

Mi padre se llamaba Thierry, como yo, y tenía un oficio muy difícil, el más difícil que se haya conocido nunca: se dedicaba a cazar, era lo que se dice un *pwazon rat*, así les llamaban a estos cazadores.

Mi madre, que se llamaba Claudine, tenía bastante oficio con nosotros, sus cinco hijitos. Vivíamos en Jérémie, pero no en la ciudad, sino en una barriada que queda junto al puerto. Aprendimos a nadar allí, allí aprendimos a pescar. Haití en aquel tiempo era otra cosa. El mar también era más ancho, o más profundo, o más querido por los peces, y de ese mar sacábamos el alimento, unos pescados de carne blanca y de espinazo corto con los que se alegraba toda la familia. También teníamos nuestro corral con cerdos, de esos que llaman cerdos marrones, nacía la camada y en casa hacíamos fiesta. Un lechoncito era apartado y se sacrificaba para ofrecérselo al Barón. Mi madre era devota del Barón-la-Croix, y mi padre, por su profesión, a fuerza tenía que serlo.

Usted quiere saber adónde van las ranas. Yo no puedo decírselo, señor, pero le puedo preguntar, ¿adónde se fueron nuestros peces? Casi todos abandonaron este mar, y en el monte desaparecieron los puercos salvajes y los patos de temporada, y hasta las iguanas de comer, ésas también se fueron. Nada más tiene que ver lo que queda de los hombres, mírelos con cuidado: los huesos se les asoman desde adentro, empujan por debajo de la piel como si quisieran escapar de allí, abandonar esa carniza floja donde son golpeados, ir a esconderse en otra parte.

A veces pienso, pero no lo digo, que llegará el día en que venga un hombre como usted, alguien que atraviese el mar para buscar un par de ranas, quien dice ranas dice cualquier otro animal, y encuentre sólo una gran loma de huesos en la orilla, una loma más alta que el pico Tête Boeuf. Entonces se dirá: «Haití se terminó, gran Dios, esos huesos son todo lo que queda».

Los domingos papá nos traía caramelos. Los compraba en una botica que había en Jérémie, un lugar lleno de cachivaches y de olores, que se llamaba Pharmacie du Bord de Mer, y que se dedicaba más al dulce que a las medicinas, nadie tomaba medicina en aquel tiempo. El dueño era un hombre flaco, con los ojos hundidos y las orejas vueltas hacia adelante como un perro enfermo, más una boca pequeñita y gruesa, una boca de culo de gallina que no abría ni para dar los buenos días. Había heredado esa botica de su madre, que se murió abrasada con almíbar. Yo no había nacido cuando eso sucedió, pero sé que todos en Jérémie lo lamentaron, llevaron velas y tambores al entierro, bajaron a los *loas*, a los espíritus de la candela, y le guardaron muchos días de luto.

El accidente ocurrió de esta manera: una empleada de Madame Christine, que así se llamaba la dueña del negocio, caminaba de un lado para otro con unos sacos

26

de botellas y en una de ésas resbaló, trató de apoyarse en el reborde de la estufa y en su lugar se agarró de la caldera donde hervían los siropes de ese día. Madame Christine estaba agachada junto a los fogones, dándole de beber leche a su gato. La desgracia los bañó a los dos: ella no se movió, se cocinó allí mismo, sin soltar siquiera el jarro con la leche, que a lo mejor hirvió con el fogaje; el gato huyó y se fue a morir a un matorral.

La primera vez que me contaron esa historia yo era muy pequeño, pero enseguida pregunté qué le había pasado a la mujer que iba de un lado para otro con el saco de las botellas. Eso malo tengo cuando me cuentan algo: siempre les sigo el rastro a las personas que se van quedando atrás, o que desaparecen sin dejar razón, o que se olvidan. Todo el mundo hablaba de Madame Christine y su minino, pero vamos a ver, ¿qué le pasó por fin a la empleada? ¿Rodó también y se quemó la espalda? ¿Se levantó y corrió detrás del gato, o se acercó despacio a su patrona muerta, le quitó el jarro de las manos y sopló la leche para apartar la nata?

Mi hermano mayor se llamaba Jean Pierre y había nacido un poco cojo. En realidad nacimos juntos, fuimos gemelos, pero a Jean Pierre la comadrona lo sacó primero y con la prisa le lastimó un tobillo. Un año más tarde vino al mundo Yoyotte, la única hembra que parió mi madre y a la que le pusieron ese nombre en honor a su madrina, cocinera que era en Bombardopolis, un pueblo al norte donde mi padre solía pasarse mucho tiempo. Poco después, nació mi hermano Etienne y no fue hasta pasados muchos años cuando apareció por este mundo Paul, nuestro hermanito más pequeño.

Cuando la madrina de mi hermana venía a vernos, se celebraban los banquetes que le digo. Mi padre invitaba a sus hermanos; mi madre invitaba a sus primas, porque sus propios hermanos ya habían muerto; las

27

primas a su vez traían a sus hijitos, que eran de nuestra misma edad, la casa se llenaba de carreras y de gritos, y la cocinera más famosa de Bombardopolis, que era Yoyotte Placide, se ponía a cantar y a batir claras de huevo para hacer merengues. De la canción, me acuerdo todavía:

Solèy, ò, Moin pa moun isit o, solèy,
Moin sé nég ginin, solèy,
M'pa kab travèsé, solèy,
Min batiman-m chaviré, solèy.

Era una canción muy triste: «Oh, Sol, yo no soy de aquí, Sol, yo nací en la Guinea y ya no puedo regresar, oh, Sol, mi barco se hundió», pero ella la cantaba como si fuera la cosa más alegre. Yoyotte Placide siempre decía que no había forma de levantar un buen merengue si no se les cantaba a las yemas que habían quedado atrás, guardadas para la tortilla. A la galladura había que contentarla, entonces nos mostraba un punto rojo en medio de la yema: por allí entraba la canción y desde allí salía la orden para que las claras, mezcladas en un plato aparte, se dejaran batir y se espumaran: así se hacía el merengue.

Los hermanos de mi padre bebían del ron llamado Barbancourt, y las primas de mi madre de vez en cuando empinaban la botella. Una de las primas, que se llamaba Frou-Frou, se levantaba la falda y se ponía a bailar. Mi madre la reprendía, pero ella no hacía caso, los niños nos sentábamos en el suelo, frente a ella, y aplaudíamos cuando Frou-Frou daba una voltereta. Mi padre también aplaudía, a veces bailaba con ella, la tomaba por la cintura y giraban juntos, pero en eso mi madre salía de la cocina y los separaba, los niños volvíamos a aplaudir porque para entonces a Frou-Frou se le había abierto la blusa y le saltaban de golpe las dos tetas, que eran tan grandes y bastante claras. El resto de las primas venía a la carrera para impedir que mi madre la golpeara y Frou-Frou caía desvanecida, quedaba tirada bocarriba y empezaba a gemir, veíamos que algo le saltaba en el estómago y le bajaba al vientre, los niños pensábamos que había comido sapo —con perdón, que ya sé que usted no quiere bromas con esos bichos— y las mujeres la sujetaban y la zarandeaban un poco para que no terminara de desnudarse.

Mi padre se ponía de mal humor, porque odiaba que mi madre lo reprendiera en presencia de sus hermanos, salía furioso de la casa y se quedaba un rato caminando por los alrededores, mirando el mar y tomando buches de ron. Frou-Frou se iba calmando poco a poco, tenía una hijita llamada Carmelite que le pasaba paños fríos por la frente y la ayudaba a peinarse. Mi madre juraba que jamás la invitaría de nuevo a nuestra casa, pero pasaban los meses y cuando la madrina de mi hermana mandaba aviso de que volvía, ya todo estaba olvidado y Frou-Frou se presentaba en el banquete.

Con el tiempo dejó de dar el espectáculo, los niños le pedíamos que bailara y ella negaba con la cabeza y sonreía. En cambio se iba a pelar viandas junto a los corrales, tiraba las cáscaras a los cerdos marrones y se quedaba pensativa, mirándolos comer.

Yoyotte, mi hermana, quería ser cocinera igual que su madrina, y poner en Jérémie un negocio como el que tenía la otra en Bombardopolis. Yoyotte Placide no se oponía a que su ahijada aprendiera el oficio, pero en lugar de poner el negocio en Jérémie, la animaba para que se mudara con ella a Bombardopolis y la ayudara con su propio puesto de comidas. «Tarde o temprano será tuyo», decía, porque Yoyotte Placide no había tenido hijos y ya era demasiado vieja para tenerlos.

Todo eso se hablaba en la mesa, mientras tomábamos la sopa de pescado, y mi madre refunfuñaba porque no quería que se llevaran a Bombardopolis a la única hembra que había parido. Nadie quiere perder a una hijita, decía, ¿quién cuidaría más tarde de ella y de su marido? Mi hermano Etienne, que era un muchacho muy meloso, soltaba la cuchara y prometía que él los cuidaría a los dos. Jean Pierre, mi hermano mayor, se partía de la risa y lo llamaba marica, mi madre por fin se desahogaba, nos pegaba un bofetón a cada uno, también a mí sin haber dicho nada, mientras miraba con inquina a su comadre. La discusión a veces subía de tono y mi padre se ponía de pie, le pegaba una patada a la silla y se mordía los labios, señal de que en cualquier momento iba a poner punto final a aquel banquete. Como nadie quería que eso sucediera, todos callaban excepto Frou-Frou, que entraba y salía de la cocina chillando como un pajarito, preguntándole a mi padre si por casualidad quería más calabaza, o preguntándole a mi madre si ya podía servir el postre, que casi siempre era papaya en dulce, o raspadura hervida con guayaba.

Una tarde de Semana Santa, cuando aún estábamos sentados a la mesa, Frou-Frou se fue al corral a echar las sobras a los puercos y su hijita Carmelite nos anunció que en poco tiempo ella también iba a tener su propio hermano. El resto de las mujeres armó un gran aspaviento y mi madre sólo atinó a llevarse las manos al pecho. Los hermanos de mi padre se levantaron para preguntarle si era cierto, luego empezaron a reír y lo abrazaron, le dieron palmadas para felicitarlo. Mi padre también se reía, pero lo hacía de un modo muy raro, con la mirada clavada en Yoyotte Placide, su cocinera de Bombardopolis, que había bajado la cabeza y parecía tan apesadumbrada.

Frou-Frou no volvió más por nuestra casa. Mi madre la invitaba, pero Yoyotte Placide amenazó con arrancarle los ojos si la encontraba de nuevo en su camino. Y nadie se atrevía a dudar de las amenazas de Yoyotte Placide, y mucho menos a retar sus órdenes: era ella quien traía la comida, ella quien la cocinaba, sin Yoyotte Placide no había festín y mi padre y mi madre lo sabían. Carmelite, la niña de Frou-Frou, siguió viniendo. Mi madre, que de no estar rabiosa era bastante justa, nos dijo a todos que la pequeña no tenía la culpa de lo que hiciera esa mujer tan desquiciada que la había parido, y la invitaba como siempre y la trataba igual, o casi igual: nunca la dejaba hablar de aquel hermano que venía en camino.

El último banquete que recuerdo fue el de la despedida de mi hermana. Ella acababa de cumplir once años y de acuerdo con los deseos de su madrina, se iría a vivir a Bombardopolis para aprender el oficio y atender el puesto de comidas que más tarde sería suyo. Mi madre lloró toda la noche, pero luego en la mesa se puso muy contenta, sobre todo cuando vio aparecer a Carmelite, que trajo a su hermanito en brazos para que lo conociéramos. Mi padre nos advirtió a Jean Pierre y a mí, por ser nosotros los mayores, que el recién nacido era también hermano nuestro y que a partir de entonces viviría con nosotros.

Cuando por fin Yoyotte Placide marchó a Bombardopolis con su ahijada, mi padre corrió hacia Carmelite, le arrancó al niño de los brazos y lo acostó en la camita de mi hermana que había quedado libre. Carmelite no parecía muy triste, al contrario, nos dijo a Jean Pierre y a mí que aquel niño lloraba demasiado y era un alivio regalarlo.

Luego supimos que todo se había acordado así antes del banquete. Mi madre comenzó a cuidar de la criatura como si fuera propia, aunque Frou-Frou venía de vez en cuando y la ayudaba a lavar pañales y a preparar papillas.

Al niño le pusieron Julien, pero mi padre nunca lo llamó por su nombre.

La luz del mundo

Empecé a grabar las conversaciones con Thierry cuando me di cuenta de que, entre una historia y la otra, intercalaba datos importantes acerca de la rana. La última vez que él había visto al *Eleutherodactylus sanguineus* no fue en el Mont des Enfants Perdus, sino en lo alto del monte Casetaches, una elevación rocosa y escarpada, cercana a Jérémie, su pueblo natal. Eso lo dijo desde el primer momento. El mismo profesor haitiano que lo recomendó, lo trajo hasta mi hotel en Port-au-Prince, nos presentó sin mucha ceremonia y antes de marcharse le susurró a Thierry que lo dejaba en buenas manos. Yo lo llevé directamente al bar y allí, en mi francés rudimentario, lo invité a una cerveza y traté de explicarle lo que necesitaba de él, aunque en verdad no me inspiró mucha confianza: Thierry se veía demasiado viejo, incluso de algún modo enfermo, supuse que mentía cuando afirmó que sólo tenía cincuenta y seis años. La suya era la cara negra más arrugada que había visto nunca, además era bastante calvo y aun el poco pelo que le quedaba lo tenía canoso, apenas unos grumos de pasitas blancas esparcidos por detrás de las orejas y en la nuca. Como le faltaban varios dientes, se le escapaba la punta de la lengua cada vez que hablaba, era una lengua inmensamente pálida y concluí que en el campo, a medianoche, puestos para la dura marcha de una expedición, este hombre no me serviría de mucho.

Ese día trajo puesta una camisa púrpura, y se me ocurrió valerme de ella para indicarle el color exacto de la rana que estaba buscando. Tomé un papel y se la dibujé, igual que Vaughan Patterson había hecho para mí en el restaurante de Nashville. Thierry se quedó observando el dibujo, estuvo un largo rato ensimismado y a mí me pareció que era un truco para ganar tiempo. Al cabo me pidió el lápiz, apoyó el dibujo sobre sus piernas y trazó un círculo alrededor del ojo del animal, enseguida oscureció la mitad inferior del círculo para que contrastara con la superior, y finalmente agregó un punto sobre el vértice del hocico. Me devolvió el dibujo indicándome que el arco superior del ojo era plateado, mientras que el arco inferior era castaño claro; el punto del hocico era amarillo o amarillo gris.

Asentí en silencio, sin levantar la vista del dibujo; era yo en ese momento quien intentaba ganar unos minutos. Cuando miré a Thierry, noté que estaba sonriendo: la última vez que él había visto a la *grenouille du sang*, casi cuarenta años atrás, no fue en el Mont des Enfants Perdus. En ese instante se detuvo, puso la cara iluminada que ponía siempre que estaba a punto de contar una de sus historias —aunque eso yo no lo podía saber entonces— y recordó cada detalle de la misión que lo llevó al lugar en donde vio a la rana.

—¿Sabe lo que buscaba yo en el Casetaches?

Negué con la cabeza mientras contaba el dinero del adelanto: antes de empezar a trabajar, Thierry había dicho que necesitaba un adelanto.

—Buscaba a una mujer, señor.

Le entregué el dinero y lo estuve escuchando por más de dos horas. Sus observaciones acerca de la rana sólo tenían el propósito de enriquecer la historia principal, a saber, la de una pobre turista aborrecida, una alemana renegada o loca, que se había puesto a vivir en una cueva.

Para esa época, él ya llevaba algunos meses trabajando con otro buscador de ranas, «un hombre como usted», me dijo, que lo había citado en ese mismo hotel (en el bar del Oloffson, recordó, tenían un piano verde por aquellos años; se hospedaba un viejo que bajaba al bar con su serpiente al hombro; cantaba una mujer que se llamaba June, medio desnuda, sobre el piano verde), y que sólo había accedido a contratarlo, mirara cuánto nos parecíamos, después de dibujar un par de sapos en una pizarrita y preguntarle si era capaz de reconocerlos.

Jasper Wilbur, a quien Thierry apodaba «Papá Crapaud», le enseñó a distinguir una rana de otra a partir de la voz, del color y del tamaño; de las líneas dorsales, o de las manchas en el vientre. Le mostró cómo atraparlas sin machucarlas demasiado, cómo medirlas y averiguar si había membrana entre los dedos, si tenían lengua, o por casualidad cargaban con sus huevos. Mientras seguía contando los detalles de su aprendizaje, recordé que Wilbur, australiano también, había sido profesor y amigo del viejo Patterson, y me pareció de buen augurio que el círculo se cerrara precisamente aquí, después de tanto tiempo, conmigo y con el mismo guía envejecido, acaso con las mismas ranas.

Mi madre solía decir que a la vida había que verla como al sospechoso principal de un crimen: atando cabos y levantando huellas, siguiéndole la pista con frialdad, como si ni siquiera fuera cosa nuestra. Nada de lo que ocurría, según ella, se debía a la casualidad, y más valía aceptarlo así antes de que el sospechoso huyera y el crimen se quedara impune. Mi madre era una artista que se sabía mediocre y odiaba muchas cosas, pero sobre todo odiaba a los batracios, por eso los pintaba al óleo. El día que le comuniqué mi decisión de estudiar zoología, poco antes de entrar en la universidad, guardó silencio y fue corriendo a su estudio. Por la noche me trajo de regalo un cuadro del sapo comadrón *(Alytes obstetricans)*, era un enorme lienzo que había guardado durante muchos años: lo empezó a pintar cuando supo que estaba embarazada y lo terminó el mismo día de mi nacimiento. Ya desde entonces ella sospechaba que mi vida, toda mi vida de adulto, estaría ligada a la de aquellas criaturas.

El trabajo formal con Thierry comenzaría dos días más tarde, para intentar una primera expedición al Mont des Enfants Perdus; pese a todo y por obedecer las indicaciones de Patterson, yo estaba empeñado en ir allá. Antes de eso, pararíamos en Ganthier, un pueblito al pie de la montaña donde Thierry tenía algunos amigos, gentes que llevaban sus animales hasta el monte, o que simplemente subían para cortar leña. Desde la época en que Papá Crapaud viajaba por Haití, muchas cosas habían cambiado en el país, y entre esas cosas estaba el bosque: de acuerdo con Thierry, tampoco los árboles querían crecer y de ahí que las laderas, desde abajo, se divisaran tan peladas. En Ganthier preguntaríamos a la gente si por casualidad habían visto a la *grenouille du sang*. Era difícil que nadie lo admitiera, nadie querría reconocer delante de un extraño la vergüenza de su mala fortuna, pero Thierry me aseguró que él se las arreglaría para preguntarlo sin levantar sospecha y sin causar temor.

Nos despedimos en la puerta del hotel. Era noviembre y de la calle entraba un vaho indefinible, algo parecido al aire de mar, pero combinado con el tufo del sudor, el sudor de nadie en particular, el de los transeúntes, el de las mujeres que se acuclillaban en los alrededores tratando de vender su mercancía, casi siempre legumbres y sombreros, el sudor de los camareros y además el mío: en Haití el sudor se me había vuelto rancio, de una consistencia algo pastosa, que al secarse endurecía la camisa. Varias veces al día me sorprendía oliéndome debajo de los brazos, me intrigaba ese olor, mi propio olor desconocido como el olor de un sueño. Aspirar aquella miasma intensa, personal, seguramente inesperada, gratificaba algo impreciso en mi interior, me espabilaba los sentidos, presiento que me enriquecía.

Thierry sacó un pañuelo del mismo color de su camisa, del color exacto del *Eleutherodactylus sanguineus,* era un pañuelo sucio con el que se secó la calva húmeda y las gotitas alrededor de los labios. Me miró, supongo que algo enternecido, y me dijo que yo le recordaba demasiado a su Papá Crapaud, un hombre bueno que no se merecía la gran desgracia que le tocó sufrir.

Sabía que Jasper Wilbur estaba enterrado en Haití, pero evité caer en la trampa de preguntar cuál era aquella desgracia, o cómo se había muerto, o en qué destartalado cementerio estaba sepultado. Thierry estuvo esperando en vano y luego echó a caminar entre el gentío, calle abajo y con la frente en alto, inexplicablemente ágil, incluso algo fornido; la luz del mundo le daba esa vitalidad.

Tenía que ser la luz.

Durante los pasados trece años, cuatro especies de ranas han desaparecido de los bosques de Queensland, en Australia, entre ellas *Taudactylus diurnus* y *Rheobatrachus silus*.

Taudactylus diurnus fue vista por última vez en Connondale Ranges, a principios de 1979.

El último ejemplar de *Rheobatrachus silus* fue hallado moribundo hacia 1981.

Rheobatrachus silus fue descrita por primera vez en mayo de 1973. Ese mismo año, el herpetólogo Chris Corben descubrió que se trataba del único animal del mundo que desarrollaba los embriones en el estómago. Sin embargo, su estómago no era diferente al de las demás especies, sólo que cuando contenía los embriones sus paredes se afinaban y la producción de ácido clorhídrico cesaba.

Los científicos intentaban investigar la supresión de los ácidos como posible tratamiento de las enfermedades gástricas en los seres humanos.

Nunca se supo cómo los renacuajos obtenían el oxígeno, ni tampoco cómo se deshacían de sus materias excrementicias.

Ya nunca se sabrá.

Corazón

Mi madre ya había muerto por aquella época. Mi hermano Etienne se había mudado a Coteaux y trabajaba en la carpintería de su suegro. Mi hermana Yoyotte seguía viviendo en Bombardopolis y cocinando en el tugurio de su madrina, la viejísima Yoyotte Placide. Acabábamos de sentarnos a la mesa. Jean Pierre, mi hermano gemelo, pelaba un plátano; Paul, el más pequeño de la camada de mi madre, tarareaba una canción de Martinica; Julien, el hijo de Frou-Frou, jugaba con los cubiertos al «macoute perdido», era su juego favorito. Frou-Frou también estaba allí, se había mudado a nuestra casa cuando murió mi madre; en ese instante discutía con Carmelite porque el arroz le había quedado crudo. Entonces escuchamos la voz de mi padre; no lo esperábamos a esas horas porque de noche trabajaba con su cuadrilla, pero lo vimos aparecer y guardamos silencio. Mandó que recogieran la mesa y ordenó a las mujeres que prepararan café, luego le dijo a Paul que esperara fuera de la casa. Como no nos llamaba por nuestros nombres, que nunca nos llamó, miró hacia el lugar donde estábamos sentados Jean Pierre y yo, uno al lado del otro, puso los ojos en Jean Pierre y también le ordenó que saliera. A Julien no tuvo que decirle nada: como si fuera parte de su juego, corrió hacia la puerta, desde allí nos disparó con su fusil de palo y desapareció.

Sólo quedaba yo en la sala y mi padre se sentó a mi

lado, conmigo era con quien quería hablar, a mí me dijo «quédese».

Todavía en ese momento no sabíamos que había venido acompañado por dos hombres. Uno de ellos era extranjero, alemán de nación; el otro era un haitiano que trabajaba en un hotel de Port-au-Prince y hablaba inglés; el alemán lo contrató para poder entenderse con mi padre: todo lo que quería aquel hombre era que lo ayudaran a buscar a su mujer.

A ella la habían visto el día anterior en Jérémie. La vieron los hombres de la cuadrilla de mi padre, los cazadores que le digo; ellos trabajaban hasta la madrugada y estaban muy pendientes de la aparición de un animal, así que al verla la siguieron por un rato —la mujer estaba dando tumbos por el pueblo— y luego la dejaron seguir porque se dieron cuenta de que era una desquiciada. No se imagina usted la de mujeres que se desquician en cuanto ponen pie en Haití, mujeres de sus casas, que vienen a tomar el sol y terminan trepándose a los burros de patas torcidas que suben a la Citadelle. Ese es el mayor error, porque después de ese paseo, no sé por qué, bajan revueltas, con los vestidos sucios y los ojos brotados; así recorren el país, da grima verlas. Si traen marido, el marido se las lleva a rastras hasta el barco o el avión en que vinieron. Si están solas, que algunas lo están, la policía las detiene y las mete al manicomio. Los loqueros avisan entonces a la familia y enseguida aparece un hermano, un padre, un hijo, siempre viene un varón a recogerlas y al varón se las devuelven.

Aquella noche mi padre me contó lo que sabía: la mujer había pasado por Jérémie, pero en lugar de quedarse en la playa o caminar hacia Bonbon, que es un pueblito quieto, detuvo una camioneta que iba hacia Dame Marie y le pidió al chófer que la llevara, le ofreció dinero y el hombre la llevó. A mitad de camino, justo

46

cuando pasaban cerca del monte Casetaches, ella gritó que se bajaba, el hombre le advirtió que aquél no era lugar para que se quedara una señora sola y ella no le respondió. Se bajó de todos modos y se fue derecha a la espesura.

Yo conozco el Casetaches, señor, como la palma de mi mano. Estando en Jérémie solía subir allí dos veces por semana. Papá Crapaud venía conmigo, yo lo ayudaba a recoger sus ranas y de paso ponía trampas para atrapar a las mangostas, les abría la tripa y averiguaba si de casualidad se habían comido un sapo; si se lo habían comido, Papá Crapaud tenía que saberlo.

Cuando no subía con él, lo hacía con Carmelite, que había estirado mucho y era una muchacha hermosa. Frou-Frou sabía que subíamos juntos y al parecer no le importaba; mi padre lo sabía también y le importaba menos. Creo que en el fondo me envidiaba, le habría gustado subir a cualquier parte con su propia hijastra, pero ya estaba viejo y se aguantaba.

El Casetaches tenía por aquel tiempo como siete cuevas (hoy sólo quedan cinco), y yo las conocía todas por dentro, por esa razón mi padre decidió que fuera yo a buscar a la mujer: el alemán iba a pagar un adelanto, ya sabe que me gusta cobrar por adelantado. La única condición que puse fue que mi hermano Paul me acompañara. Con Jean Pierre me llevaba mejor, pero su cojera seguro iba a estorbarme. Tan pronto dije aquello, mi padre se puso muy serio y pegó un manotazo en la mesa: aquél era un trabajo que debía hacer un hombre solo; si él había ordenado a mis hermanos que no se inmiscuyeran, ¿quién era yo para pedir un ayudante?

Abrí la boca para explicarle que a esa loma no es conveniente subir solo, pero mi padre a su vez me abrió los ojos, los abrió de tal manera que yo incliné la cabeza:

47

—Si usted no tiene huevos, dígalo de una vez y me busco otro.

No dije nada, o mejor dicho, dije bajito que estaba listo para partir.

El alemán durmió esa noche en nuestra casa, el único hotelito que había en Jérémie estaba cerrado y Frou-Frou le ordenó a Carmelite que le preparara un catre. Era un hombre de la edad de nuestro padre, tenía las manos manchadas de lunares y constantemente miraba su reloj. El haitiano que venía con él también durmió bajo nuestro techo. Carmelite le dio una manta porque no teníamos otro catre, y como el hombre se quedó con ella entre las manos, sin saber qué hacer, Frou-Frou vino enseguida, le riñó a su hijita por ser tan descortés, cogió la manta y la extendió en el suelo. El hombre se acostó y Frou-Frou le llevó un jarro con café; el alemán no quiso beber nada, se arropó con la manta que le dimos y se quedó mirando al techo hasta que apagamos la luz.

Antes de marcharse otra vez con su cuadrilla, mi padre le encargó a Frou-Frou que me preparara una mochila con agua, comida, ron y un hule por si le daba por llover de noche. Le ordenó además que metiera una soga para amarrar a la mujer perdida. Frou-Frou añadió por su cuenta cigarrillos y al final yo puse un frasco con alcohol, por si veía en el Casetaches alguna rana buena para Papá Crapaud, que por aquellos días se había marchado a la isla de Guadalupe para buscar las ranas de esa tierra.

A la mañana siguiente me despertó Frou-Frou tirándome de la camisa. Yo había dormido con la ropa puesta, así que tomé la mochila, prendí mi linterna y salí muy despacito para no molestar a los demás. Cuando pasé junto al catre del alemán, la luz de la linterna le pegó un poco en la cara y vi que seguía con los ojos abiertos, mirando fijo para el techo. En el suelo estaba la manta que Frou-Frou había extendido para el otro hombre, pero él no estaba allí, pensé que se había cansado de la dureza de las tablas y había buscado acomodo en otra parte.

Eché a caminar hacia la plaza. Mi padre me ordenó que subiera al primer camión que saliera para Dame Marie y me bajara en el mismo lugar en que se había bajado la mujer. Como no se sabía el tiempo que demoraría en hallarla, quedamos en que a la noche siguiente, diera o no con ella, yo regresaría a la carretera y allí me estarían esperando, dentro del auto en marcha, el alemán junto con mi padre y también aquel hombre que los hacía entenderse.

El sol estaba ya bastante alto cuando salté del camión. Entre la carretera y el Casetaches hay un tramo largo y sin árboles, y a uno se le figura que nunca llegará a la loma. Pero se llega pronto si en lugar de mirar hacia lo lejos se avanza con los ojos puestos en el suelo; se llega rápido a una línea de arbustos muy pequeños que llaman *oeuf de poule*, y a partir de ese lugar se puede decir que se alcanzó la loma.

Mi padre me enseñó que antes de entrar a un monte hay que pedir permiso; se les pide a los *loas*, que son los «misterios» que mandan en esta tierra. Esa era otra de sus costumbres antiguas. Pues bien, aquel día yo también pedí derecho para entrar, no siempre me acordaba de hacerlo, me persigné tan pronto la sombra de los primeros arbustos me dio en la cara, cerré los ojos y susurré «Barón Samedi, Barón-la-Croix, Papá Lokó, pido permiso para pasar al monte», los abrí un poquito y les rogué a todos los *loas*, a todos por igual, que por favor me abrieran el camino.

El resto de la mañana y buena parte de la tarde los pasé buscando huellas. Mi padre, que fue el mejor rastreador de su cuadrilla, me había enseñado a localizar el rastro de los hombres, que es distinto y más sucio que el rastro de los animales. Como no era conveniente que la mujer me viera antes que yo la viera a ella, forré mi sombrero con unas ramas y metí otras en la mochila para reemplazar las que se fueran cayendo. Podía pasar también que la encontrara muerta: ella llevaba dos días en la loma, expuesta a las picadas de las arañas *culrouge* o de los alacranes morados. Si estaba demasiado desquiciada probablemente no había podido tomar agua, hay que estar muy cuerdo para encontrar agua en el Casetaches.

Al caer la noche, ni la mujer ni su maldita sombra habían aparecido. Yo me senté a descansar sobre una piedra y me cubrí con el hule porque había empezado a lloviznar, abrí además la botella de ron que había puesto Frou-Frou en mi mochila y me puse a pensar en las cuevas que me quedaban cerca y en cuál de ellas sería mejor para pasar la noche. En eso estaba cuando escuché el canto de la *grenouille du sang;* no es un canto normal el de ese bicho, es una especie de glugluglú, como el de una gran burbuja que va subiendo desde el fondo.

Se me erizó la piel. La última vez que lo había oído yo era un niño, y al otro día me cogieron aquellas fiebres, vi la muerte venir: un cerdo marrón con tres patas al frente, y así se lo conté a mi padre, que para consolarme me trajo aquella fruta que era como de carne santa. Ni a mí ni a nadie en mi familia nos ha gustado nunca oír el canto de esa rana. Le juro que empecé a temblar, algo en la noche no iba bien y decidí buscar al animal para callarlo a zapatazos. Papá Crapaud me había enseñado a no dejarme confundir, me había advertido que a veces cuando se oye el canto por un lado, quiere decir que la ranita anda por otro. Lo hacen para despistar a los lagartos, para despistar a los ratones y quién sabe si para despistar al hombre.

Me quité el hule y la llovizna empezó a correrme por la cara, aparté unas hojas y alumbré con la linterna el suelo y los huecos de los troncos. La rana se calló en cuanto sintió que la buscaban, desvié la luz para que volviera a cantar y entonces, en la oscuridad, vi aquellos ojos, o mejor dicho, dos medias lunas plateadas que se movían delante de mí. Podía aplastarla cuando quisiera, también podía meterla en el frasco y guardársela a Papá Crapaud, que hubiera dado cualquier cosa por mirarla, pero pensé si la mala suerte con la *grenouille du sang* no vendría acaso del hecho de que todo el mundo la mataba. Dejándola vivir, quizás ella fuera donde los *loas*, que son sus dueños naturales, y los aplacara diciéndoles que yo la había tratado bien.

Me acerqué un poco y le eché la luz encima para cegarla: tenía la mitad del cuerpo oculto debajo de una piedra, pero vi que era tan roja como una fruta, o como el corazón de un animal. Luego apretó la lluvia y ella se movió un poquito, abandonó el cobijo y quedó toda a la intemperie; con el brillo del agua me pareció que sí, que estaba como bañada en sangre, daba gusto verla y daba miedo.

Iba a acercarme un poco más cuando pegó un brinco y desapareció, ahí apagué la linterna y me entraron ganas de llorar. Como todavía era muy joven, me acordé de mi madre muerta, le pedí a su espíritu que me amparara. Estaba pidiéndole cuando sentí un ruido de pasos; alguien caminaba en círculo a mi alrededor.

Me tiré al suelo —mi padre siempre me decía que lo mejor cuando se está rodeado es avanzar así, pegado a la tierra—, pero no tuve tiempo de avanzar porque en la oscuridad mi mano tropezó con algo, era una cosa blanda y pegajosa y me hice la ilusión de que era la ranita, ella otra vez, me figuré que era una rana para no figurarme la verdad: eso que estaba yo tocando era un

51

empeine, era la pata viva de un cristiano. Le clavé las uñas y prendí la linterna: la mujer estaba allí, desnuda, el cuerpo entero le chorreaba agua con sangre, agua de lluvia y sangre de quién sabe dónde. Traté de levantarme y sentí un golpe sobre el hombro, alcé la cara y ella me dio el segundo golpe, me estaba pegando con una rama de *arbre au diable*, y las espinas negras de la rama, que son bastante venenosas, me abrieron la mejilla, una de ellas se me clavó cerca del ojo, por un momento lo vi todo negro y pensé que me lo había vaciado.

Usted se habrá fijado que los locos, por alelados y débiles que puedan parecer, siempre tienen más fuerza que los cuerdos. Pues ella tenía esa fuerza y me golpeó muchas veces antes de que yo pudiera arrebatarle aquella rama. Entonces fue mi turno: le di un golpe, uno solo pero fuerte, se lo di por la espalda y ella cayó bocabajo y empezó a tirar patadas, le puse el pie en el cuello, luego usé las rodillas para aplastarla contra el suelo y sólo así pude amarrarle las manos. Me di cuenta de que estaba temblando, no sé si por el frío o por la furia, la obligué a ponerse de pie y la empujé para que caminara, le advertí que si no lo hacía, la arrastraría hasta la cueva. Su locura no llegaba a tanto porque me obedeció, avanzamos juntos mucho rato hasta que dimos con la Cueva del Ratón, que así le puse de jovencito a ese agujero.

En lugar de sentirme satisfecho porque al día siguiente iba a cobrar el resto del dinero, estaba yo muy intranquilo, me preguntaba cómo era posible que algún hombre se afanara por encontrar a una mujer tan descocada como aquélla, una mujer que ni siquiera parecía mujer. La estuve mirando por curiosidad: nunca me gustaron las blancas, pero ésta era muy flaca y apenas tenía pechos, viéndola desnuda me parecía estar mirando a mi hermanito Paul, mi propio hermano en blanco y rubio, aunque tampoco podía decirse que ella tuviera mucho pelo. Y una mujer debe tener mata de pelo entre las piernas, debajo de los brazos y sobre la cabeza. Eso siempre lo decía mi padre: «Hembra que no tiene esas tres matas, no es hembra de confiar».

Traté de imaginar la cara que pondría cuando descubriera que la mujer del Casetaches tenía el pelo tan corto que se le notaba el cráneo, y una pelusa de mazorca de maíz debajo de los brazos, y la entrepierna rapada, créame que se afeitaba allí, ¿qué clase de mujer hace algo así? Le di a la fuerza un trago de ron para que no se me muriera antes de devolverla a su marido, le expliqué que aquel marido la andaba buscando, que iba a pagar mucho dinero por volver a verla y que debía contentarse, porque no todos los esposos mandaban a buscar a sus mujeres cuando se atarantaban. Ella no entendía las palabras de mi boca, pero estoy seguro de que poco a poco iba entendiendo las de mi pensamiento.

De madrugada empezó a toser, le eché el hule por los hombros y se quedó dormida. Fue entonces cuando oí por primera vez su voz. Hablaba bajito como si hablara con sus muertos, y aunque yo tampoco comprendía las palabras de su boca, pude entender una por una las de su corazón. Le voy a confesar que en aquel momento me dio pesar por ella y cerré los ojos para provocarme el sueño, sólo deseaba que amaneciera y oscureciera de nuevo para bajar y devolverla.

Era casi mediodía cuando desperté. La mujer tenía los ojos muy abiertos y se las había arreglado para sacarse el hule de encima. Dentro de la cuevita había calor. Le puse un trozo de casabe en la boca y ella lo escupió, entonces la obligué a tomar un buche de agua con azúcar. No podía morirse, le dije, no hasta que bajáramos de la loma. Ella siguió callada, ni siquiera se quejó cuando le eché un poco de ron sobre una herida abierta en la cabeza, seguramente se había cortado con un tronco, le advertí que lo hacía por su bien: aún quedaba mucho tiempo para que oscureciera y pudiéramos volver al pueblo, y a las arañas *cul-rouge* les gusta el sabor de la sangre. Aquello estaba lleno de *cul-rouges*, y para demostrárselo busqué una de las grandes y se la puse al frente. Ella no hizo muecas, ni gritó, ni pareció tenerle miedo. Al contrario, acercó la cara y con la punta de la nariz tocó la panza de la araña, las patas del animal le rozaron la boca, eso le hizo gracia y empezó a reírse. Entonces dejé caer al bicho, que huyó de nuevo a su rincón.

Salí de la cueva y comí la carne seca que Frou-Frou había puesto en mi mochila, luego me fui a dar un paseo, no me gustaba estar cerca de esa mujer, no la quería volver a ver hasta que nos llegara la hora de bajar. El monte, por aquellos años, tenía más árboles que ahora: abajo estaba el *oeuf de poule*, pero arriba crecía el *bois inmortel*, el *brucal*, el *mancenillier*, todos servían para la misma cosa: para sacar veneno.

El veneno lo usábamos para pescar, lo echábamos al agua, encima de los peces, y así los atontábamos para poder sacarlos. El jugo del *mancenillier* dañaba la piel de las personas y los *pwazon rat* de la cuadrilla de mi padre subían muy a menudo a recogerlo, y a recoger también hojitas del *bois cacá* y cortezas del *bois marbre*. Las hojitas se las daban de comer a los caballos para que mudaran las crines y los rabos; con una sola hojita que se le diera a una mujer, perdía todo su pelo, las tres matas que tanto le gustaban a mi padre. Las cortezas del *bois marbre* las quemaban junto a los escondrijos de las bestias que estaban persiguiendo, entonces las bestias salían a respirar, lo hacían a ciegas porque el humo del *marbre* nubla los ojos, y ahí las atrapaban.

Estuve caminando por el campo hasta que oscureció. Me entretuve recogiendo lagartijas para Papá Crapaud. No eran lagartijas comunes, sino unas lagartijas blancas y ciegas que casi nunca se dejaban ver; descubrí una madriguera de ellas y las fui sacando por el rabo una tras otra, fijándome en la línea del costado, una rayita verde que no siempre iba a parar al mismo sitio. Papá Crapaud decía que era importante averiguar en cuántas lagartijas la rayita verde se acababa en la barriga, y en cuántas de ellas se acababa atrás, pegada al nacimiento de los dedos. Todo eso tenía que anotarlo antes de hundirlas en alcohol, porque el alcohol las sancochaba y aquellas lagartijas que ya tenían la piel tan blanca se volvían casi transparentes. No llevaba lápiz ni papel aquel día, pero en la pizarrita de mi mente —mucho más pequeña que la pizarra que llevaba siempre Papá Crapaud— anoté que a cinco de los bichos la raya les llegaba a la cintura, y sólo a dos se les acababa entre los dedos.

Volví a la cueva y vi que la mujer se había dormido. La desperté, le amarré el hule alrededor de la cintura y echamos a caminar. Ella tenía un olor malísimo, algo parecido al tufo del *tulipe du mort*, no sé si ha visto usted esa flor: tiene un capullo negro como de este gordo que cuando se pincha suelta un chorro hediondo. Pues así mismo olía. Quizás en el tiempo que había estado vagando por la loma no había encontrado otra cosa que beber y ahora sudaba el agua de la mortandad: hay que tener la sed de un condenado para tragar la bilis de esa flor.

Por el camino tropezó varias veces, o a lo mejor fingió que tropezaba. Yo la ayudaba a levantarse y me mordía la lengua para no perder los estribos, trataba de pensar en el dinero que me estaba ganando, calculaba cuánto gastaría en esto y cuánto gastaría en lo otro, y descontaba mentalmente la tajada que se llevaría mi padre.

En una que la mujer cayó, volví a escuchar el glugluglú de la *grenouille du sang*, no tenía modo de saber si era la misma rana, pero se me ocurrió que sí, que era la misma y que nos venía siguiendo. Estábamos bastante cerca de la carretera y me inquietó no ver ninguna luz. Había quedado con mi padre en que prenderían los focos del auto para poder localizarlos, empecé a preguntarme qué pasaría si nadie nos iba a recoger esa noche, qué haría yo entonces con esa blanca ensangrentada y desnuda. Ella me dio un tirón y dijo unas palabras, se detuvo y siguió hablando sin tomar en cuenta que yo no la entendía, luego pegó un grito y se tiró en el suelo, sabía que la estaba llevando junto a su marido y no quería volver. Quise obligarla a que se levantara y me mordió la mano, con esa misma mano le pegué en la cara, la cabeza se le movió de un lado para otro porque le seguí pegando. Me daba mucho miedo que nos hubieran abandonado.

Después decidí que lo mejor era esperar allí, así que me recosté en unos arbustos, apagué la linterna y en la oscuridad sólo escuché durante un rato la respiración de la mujer, quise creer que respiraba así, como botando el alma por la boca. Al cabo de un rato prendieron los dos focos, enseguida los apagaron y con la misma los volvieron a prender: ésa era la señal y supe que mi padre estaba abajo, nunca sentí tanta alegría de saberlo cerca. A la mujer la tomé por un brazo y ella se levantó sin darme guerra, al parecer había cambiado de opinión, se resignó, o se olvidó de que no había querido resignarse: caminó entonces tan rápido que el hule se le escurrió del cuerpo y ya no pude volver a cubrirla.

El marido nos esperaba al pie de la carretera, me acerqué y le devolví a su esposa. Mi padre y el haitiano que los hacía entenderse se habían quedado dentro del automóvil y me llamaron para que entrara yo también. Oí que el marido hablaba bajito y que luego comenzaba a subir el tono, la noche estaba oscura y eché la luz de mi linterna sobre ellos: la mujer aún tenía las manos atadas pero de pronto le escupió, quiso escupirle en la cara y, como el hombre se movió, el escupitajo le cayó en el pecho, mi padre soltó una maldición y apagué la linterna. Subí al auto sin decir palabra, nadie me saludó tampoco, y enseguida volví a escuchar los gritos, gritaban ambos pero también se oía el sonido de unos golpes, pensé en decirle a mi padre que aconsejara a aquel marido que no le diera fuerte a su mujer, puesto que se podía morir. Pero mi padre soltó otra maldición y ya no pude decir nada.

El marido abrió la puerta por mi lado, me moví rápido de asiento y él metió, como quien mete un bulto, a su mujer; ella se quejaba bajito y cuando ya estábamos en camino vomitó, sentí un olor a sangre y mis zapatos se llenaron de aquel líquido caliente. Más tarde volvió a quejarse, y de vez en cuando, desde la garganta, le salía aquel hervor podrido de burbuja, algo medio parecido al canto de la rana.

Al llegar a Jérémie, el alemán le dijo alguna cosa al haitiano que lo acompañaba, y el haitiano nos preguntó dónde queríamos quedarnos. Mi padre le pidió que nos llevara al puerto y yo pregunté por el resto del dinero, pero nadie me contestó y ya no volví a abrir la boca.

Como entraba alguna luz desde las calles, pude verle el rostro a la mujer, estaba desmayada o muerta, le salía sangre por la nariz y también tenía sangre seca pegada en una oreja.

El auto se detuvo frente al mar y sólo aquel haitiano de Port-au-Prince se despidió de nosotros; el alemán miró su reloj y luego se volvió para mirar el bulto desinflado que era su mujer. Mi padre y yo bajamos y al poco chirriaron las ruedas y vimos que tomaban la carretera de Roseaux.

Caminamos despacio hacia nuestra casa, él había empezado a fumar y por el camino se detuvo, sacó un fajo de gourdes y me las entregó. Entre las gourdes había también algunos dólares, no los conté frente a él, no tenía tanto coraje para eso. Frou-Frou estaba sirviendo la comida, Carmelite la ayudaba a poner los platos y Julien, el hijo más pequeño de mi padre, jugaba otra vez al juego del «*macoute* perdido». A Paul no lo vi, pero escuché que cantaba desde el baño su canción de siempre:

> *Toc-toc qui est-ce qui*
> *frappe a man porte?*
> *C'est moi doudou,*
> *c'est moi l'amour.*

Saqué de mi mochila los frascos con las lagartijas que había cazado para Papá Crapaud, los puse en orden delante de mi cama y Carmelite vino enseguida a verlas. Julien dejó su juego y se acercó también dando brinquitos, empujando para ver mejor. Luego llegó Frou-Frou y mi padre detrás de ella, ambos comenzaron a reír, mi padre soltaba una carcajada tras otra, como si le estuvieran contando un chiste muy gracioso.

Al final todos se calmaron y Frou-Frou sirvió la sopa, me dio el olor y miré mis zapatos, hasta entonces no me había acordado de que los traía manchados. Esa fue la señal para que todas mis tripas se revolvieran, me subió un nudo como de lombrices a la boca y apenas tuve tiempo de correr fuera de la casa y echarlo encima de la tierra, con tanta pena como si echara el propio corazón.

Pájaros que no conoces

—No es ningún animal: son huesos de cristiano.

Thierry siguió escarbando en el montículo y al cabo de un rato halló lo que buscaba: un cráneo de color marrón. Desde el lugar donde me hallaba lo vi desempolvar su tesoro, alzarlo en una mano, revisar las cuencas vacías y el agujero escaso de la boca.

—Le rompieron las muelas —agregó—, y el hueso de morder se lo quebraron por debajo.

Trajo el cráneo y me lo puso al frente, pero no lo miré enseguida, sino que continué con mi tarea de identificar los frascos. Llevábamos tres días con sus noches acampando en el Mont des Enfants Perdus y lo único que había logrado capturar era un puñado de ejemplares del *Bufo gurgulio,* un sapito de vientre azul cuyo canto grabé la misma noche en que Thierry me habló de sus nostalgias, la noche en que volví a pensar en Martha y en el fuego presagiado de mi muerte.

—Hay huesos como para siete difuntos. Cuando menos son siete.

Lo dijo lentamente, como si disfrutara de su propio cálculo, pero en el fondo estaba atemorizado, lo supe por sus manos, por el temblor de aquellos dedos que a duras penas intentaban mantenerse a flote. Al principio, cuando hallamos los primeros restos, le dije que seguramente eran de un animal, otra cosa no podía caberme en la cabeza. Intenté convencerlo, quise alejarlo del lugar, pero se limitó a mostrarme un costillar abierto. Su triunfo fue completo cuando sacó por fin la calavera.

—Habrá que notificarlo a la policía —admití, sin demostrarle demasiada alarma—. Baja y avisa en Ganthier.

No respondió, volvió al montículo y recomenzó su búsqueda. Tomé la calavera con dos dedos y la examiné por dentro; aún olía a carne podrida y le quedaban restos del tejido pegados a la encía. Revisé el hueso roto, descubrí que había además otra fractura detrás de la oreja izquierda, por último la coloqué junto a los frascos que contenían los sapos preservados y fui donde Thierry, permanecí en silencio mirándolo apartar la tierra y me quedé a su lado hasta que logró pescar un segundo cráneo.

—Serán siete —repitió—, juro por Dios.

Lo agarré del brazo y lo obligué a soltar su presa.

—No debes sacar más ninguno. Baja al pueblo y avisa.

—El aviso es éste —gruñó, su voz cambiada, ahora sí, hueca en el fondo—. Tenemos que bajar los dos.

Simulé que no lo había escuchado y saqué de mi bolsillo el plano que habíamos dibujado la víspera.

—Todavía tengo que peinar esta zona detrás del bosque seco.

—Bajar hay que bajar —insistió él con la cabeza gacha—. ¿No ve que molestamos?

Volví donde los frascos y los guardé en la mochila. La calavera había quedado sola, cavilando en seco sobre la maleza, la envolví en un pañuelo y la deposité al pie de un árbol.

—Si nos quedamos esta noche —susurró Thierry—, también nosotros iremos a parar a esa huesera.

Señaló el mogote revuelto donde empezaban a llegar nubes de moscas. Parecía sincero y sin embargo yo me sentí en el deber de desconfiar; de negar aquel peligro absurdo que amenazaba con interponerse en mi trabajo; de olvidarme de todo, menos de lo que me había llevado al monte: nada muy grave puede ocurrirle a un hombre que todo lo que busca, todo lo que quiere es una simple rana.

—Vamos al campamento —le dije a Thierry—. Allá veremos.

—El monte está ocupado —recalcó mirando hacia los árboles—, ya me lo habían dicho en Ganthier.

Terminé de acomodarme la mochila y vi que se ponía a rezar, susurraba oraciones con los puños cerrados y la cara pegada a la tierra. Pensé que se trataba de un espanto pasajero, que en cuanto terminara de decir sus padrenuestros caminaría conmigo hasta el lugar en donde habíamos levantado el campamento, encenderíamos un buen fuego, calentaríamos las latas de conserva y cenaríamos a la intemperie, como en las últimas tres noches, escuchando las noticias en la radio.

Me decidí por la paciencia, un investigador debe jugar con eso, lo comprobé hace muchos años, cuando estudiaba los hábitos reproductivos del *Pipa pipa*. En Surinam me había tocado un guía mucho más viejo que Thierry, un hombre melancólico y profundo que le pedía perdón al sapo antes de capturarlo. Permaneció conmigo hasta el final, pero dos veces tuve que acompañarlo en un ritual de desagravio a los demonios.

Thierry alzó la cabeza y vi que el pánico se concentraba allí, metido como un plomo entre las cejas.

—Hay que bajar mientras se pueda —la frente le sudaba— y de noche no se va a poder.

Negué con la cabeza y me viré de espaldas, quise encontrar alguna frase, una palabra sola que disipara el miedo, pero él se adelantó.

—Le hablo de corazón, señor. Este monte se usa para lo que yo sé, nadie puede subir ni tan siquiera a buscar ranas. Usted querrá volver sano a su casa, querrá ver a sus hijos, ¿no tiene hijos?

Pensé que aunque forzáramos la marcha no podríamos alcanzar el campamento en menos de dos horas. Miré mi reloj, faltaba un cuarto para las cinco y calculé que llegaríamos al anochecer. Allá sería más fácil convencerlo.

—Yo sí los tuve —reveló Thierry—, pero se me murieron todos. El primero se murió recién nacido, los demás se fueron ya de grandes.

Recordé que la víspera de mi partida, Martha había vuelto a mencionar que Haití no era un lugar seguro. Cenábamos en casa y evité mirarla: comprendí que no era mi seguridad lo que le interesaba, trataba de asustarme de un modo impropio en ella, con poca ciencia y mucha rabia, mecida por un rencor sin rumbo que iba y venía de un lado al otro de la mesa. No esperé a terminar mi sopa, cogí una cucharada y en lugar de llevármela a la boca, la derramé sobre el mantel, junto a su plato, y luego tiré el cubierto. Martha cerró los ojos y no volvió a dirigirme la palabra, ni tan siquiera para decirme adiós.

—Cuando perdí a mi primer hijo —suspiró Thierry— estuve pensando mucho en mi padre. Siempre tuvo un oficio muy difícil.

El padre de Thierry era un hombre cauteloso que evitaba pronunciar el nombre de sus hijos. Mi propio padre y Martha nunca se llevaron bien, era una antipatía viciosa, nacida prácticamente de la nada, una guerra sin principio que siempre estuvo allí; un odio eléctrico y secreto. Se les notaba incluso en la forma que tenían de saludarse, en los esfuerzos que hacía cada uno para no tener que referirse al otro.

—Ahora le voy a contar lo que es un *pwazon rat*. Mi padre era uno de ellos.

Caminábamos tan rápido que las palabras de Thierry fueron saliendo a tirones, muchas de ellas no podía entenderlas, se apagaban como pavesas nada más brotarle de los labios. A veces hacía una pausa para coger aliento y echarse un buche de agua, detrás del agua se echaba un buche de aguardiente del que en Haití llaman *clairin;* a veces se detenía para mirarme, contaba un detalle sucio o repugnante y me buscaba el rostro para ver mi reacción.

—A mi padre le gustaba jugarse el pellejo. Yo sabía que en una de ésas lo podían matar, así que lo acompañé muchas veces y estuve a su lado en las últimas cacerías.

Cuando terminó con su relato, Thierry preguntó si mi padre también se dedicaba a buscar ranas. Le respondí que no, que durante toda su vida se había dedicado a vender automóviles, era el mejor y llegó a tener su propio negocio. Pero ahora que estaba viejo y jubilado tenía un oficio extraño, peligroso también en cierto modo.

—Cría pájaros —añadí.

—¿Gallinas?

—No, Thierry, son pájaros que no conoces. Pueden matar de una patada a un hombre.

La historia lo intrigaba, pero en ese instante avistamos el campamento y él levantó los brazos:

—Estuvieron aquí, los puedo oler.

La tienda había desaparecido y de los sacos de dormir sólo quedaban jirones alrededor de un árbol. Algunos frascos estaban rotos en el suelo y por todas partes había revistas y libretas chamuscadas, latas vacías, ropa revuelta. El último ejemplar de *Froglog,* un boletín mensual de datos sobre la declinación de los anfibios, estaba encima de una piedra, cubierto por un montón de excrementos.

—Tenemos que bajar —repitió Thierry—. Molestamos en este monte.

Le pregunté que a quién molestábamos, pero él se llevó un dedo a los labios y me mandó callar. Sacó una bolsa de nilón de su mochila y se puso a recoger los frascos que aún estaban sanos. Torné una rama y traté de rescatar parte del boletín: en el *Froglog* de agosto había salido uno de mis artículos con una foto de la *Rana pipiens,* desaparecida en Canadá. Ni la foto ni el título de mi escrito se podían ver, ocultos como estaban bajo la mancha que dejaron los mojones. Desistí de rescatar nada más.

—Si salimos ahora —insistió Thierry—, ya no nos matarán. Pudieron haberlo hecho hace un rato.

Me encontraba tan aturdido que acepté aquellas palabras como buenas. Bajo esa luz elemental de espanto y de supervivencia, se me antojó hasta cierto punto natural que destruyeran nuestro campamento y nos intimidaran para que abandonásemos el monte; natural que nos hubieran perdonado la vida, que nos estuvieran dando un plazo, una última oportunidad, poca ventaja.

—Tendremos que caminar en lo oscuro —agregó—, pero no importa, ya lo hice muchas veces.

Me había quedado sin argumentos, ni siquiera tenía un cobijo para sentarme a escribir. Encendí mi lámpara y me cubrí la cara con un repelente para insectos; se lo ofrecí también a Thierry pero no quiso untárselo: los bichos ya lo conocían de sobra, años atrás lo habían acribillado suficiente y ahora le perdonaban el pellejo. Lo dijo riéndose, era la primera vez que lo veía reír en mucho rato. Eso me dio confianza y ánimos para preguntar de nuevo quién nos estaba echando, a quién podíamos molestar allí.

—A los *attachés* de Cito Francisque —susurró en mi oreja—, ellos usan este monte para guardar sus cargamentos y desaparecer a los incordios. No quieren a ningún extraño en la zona, nadie que esté buscando ranas ni ningún otro bicho.

Había caído la noche cuando comenzamos a bajar. Thierry iba delante, apartando ramas y orientándose por la disposición de los árboles, estaba muy nublado y no podíamos ver el cielo. Sin que yo abriera la boca, en dos o tres ocasiones se dio vuelta para mandarme callar, más tarde tropecé y caí de rodillas, solté una maldición y él se acercó para proponerme un pequeño descanso. Allí mismo bebimos los últimos buches de las cantimploras, él aprovechó para apagar su lámpara y me habló en la oscuridad:

—Vienen detrás de nosotros.

El aire estaba muy cargado y distinguí a lo lejos el canto de otros ejemplares de *Bufo gurgulio;* era su temporada de apareamiento y los machos se desesperaban por consumar su abrazo, el interminable y delicioso *amplexus* que los devolvería al silencio. Al parecer, ya no encontraban suficientes hembras. Algunas extinciones empiezan de ese modo, primero desaparecen ellas, se esfuman con sus vientres repletos. ¿Adónde van, qué es lo que temen, por qué demonios huyen? Thierry volvió a prender la lámpara y yo enfrenté el horror de sus facciones, una máscara en ruinas, otro cráneo a medio consumir, rescatado apenas de la huesera viva de la noche.

—Cuando lleguemos a Ganthier, si es que llegamos, me va a contar lo de los pájaros que cría su padre.

Sentí una oleada de rencor, me mortificaba su actitud, el tono paternal con que se permitía cambiar de tema. Decidí que lo despediría tan pronto llegáramos a un lugar seguro, alargué la mano y lo agarré por la camisa.

—¿Qué es lo que quieren, quieren dinero?

—El suyo no —cortó Thierry—. Usted no tiene suficiente.

Se liberó con un gesto brusco y fue el momento en que me ganó el terror. Había empezado a lloviznar y él desapareció detrás de unos arbustos, hice un esfuerzo para no gritar, elevé mi propia lámpara y avancé con ella en alto. En ese momento escuché unos susurros, el ruido enrarecido de unas voces, la lluvia apretó y me resigné a la idea de la muerte. De una muerte húmeda y lejana en un monte de niños perdidos y ranas esquivas. La muerte miserable del que no sabe quién lo persigue ni por qué lo atacan, quizás ése era el único fuego deparado, el descabellado incendio donde el astrólogo tibetano me había visto arder.

Tuve la sensación de que avanzaba borracho y de que mi caída era inminente. Escuché de nuevo los susurros, pisadas firmes a mi alrededor, y una mano se apoyó en mi espalda: era Thierry.

—Quieren estar seguros de que nos vamos —dijo.

Me costaba caminar, pero mucho más me costaba pensar, hilvanar datos o sacar alguna conclusión. Estaba a merced de la naturaleza cómplice de aquella parte abrupta de la loma, y estaba a merced de mis perseguidores, lo cual incluía de algún modo al propio Thierry.

Una hora más tarde divisamos por fin las lucecitas de Ganthier. Creo que ambos sentimos alivio, él se puso a susurrar lo que pensé que podía ser otra oración.

—¿Entonces usted no oyó nada? —fue lo primero que me preguntó, al dar por concluida su salmodia.

—Oí las voces —dije—, ¿qué más tenía que oír?

En Ganthier nos refugiamos en la casa del mismo hombre a cuyo cuidado habíamos dejado el automóvil, un Renault rojo tomate que había alquilado en

Port-au-Prince. Allí nos ofrecieron potaje de harina de maíz y Thierry pagó por dos botellas de aguardiente. A medianoche nos acomodamos en el suelo, sobre la tierra apisonada, dormimos de un tirón dos o tres horas y ya de madrugada el dueño de la casa nos llamó: era mejor que saliéramos del pueblo con las primeras luces.

Regresamos en silencio y poco antes de entrar a Port-au-Prince, Thierry hizo seña para que me detuviera frente a un enorme basural detrás del cual, según me aseguró, estaba el barrio donde vivía con su hermano Jean-Pierre. Quiso que lo acompañara, pero me negué, él se bajó despacio y se asomó enseguida por la ventanilla:

—¿A qué hora quiere que lo vea mañana?

Iba a decirle que ya no lo necesitaba, supongo que me lo adivinó en el rostro porque sacudió la cabeza y entró de nuevo al auto, miró hacia el frente, hacia el lugar donde unos niños jugueteaban con una especie de ardilla medio muerta.

—Anoche oí a la *grenouille du sang*.

Preferí pensar que estaba mintiendo, intenté demostrarle que yo sabía que mentía. Lo miré sonriendo y le pregunté que en qué momento la había oído.

—Cuando me metí detrás de los arbustos, ¿se acuerda?, oí el canto dos veces, pensé que usted también lo había escuchado.

—Debiste decirlo entonces —mi tono era distante, como si de verdad no me importara—. Hablaremos luego...

—Le juro por la memoria de mis hijos que lo estuve oyendo.

Pegué un manotazo en el volante y él comprendió que era una orden para que se alejara, salió disparado y masculló una especie de disculpa, o eso creí. Uno de los niños lanzó a la ardilla por los aires, la vi caer a pocos metros delante del auto y me propuse terminar con su agonía. Aceleré la máquina y sólo percibí el pequeño tirón de la rueda al aplastar el cuerpo.

Ya no miré hacia atrás, pero escuché los gritos. Los niños me gritaban amenazas.

Durante el invierno de 1990 se produjo la muerte inexplicable de millones de ranas en diversas lagunas al norte de Suiza.

Según informes suministrados a la KARCH (Coordinadora para la Protección de Anfibios y Reptiles), la *Rana temporaria* fue la especie más afectada. Debido a que nada similar había ocurrido antes, al menos en esa región ni en época invernal, las autoridades suizas ordenaron una investigación. Entre los resultados se mencionó la pobre oxigenación del agua así como otros factores contaminantes. Se señaló, sin embargo, que estos factores no podían justificar, por sí solos, el alto número de ranas muertas.

Para muchos biólogos, la súbita declinación de la *Rana temporaria* continúa envuelta en el misterio.

La cacería

Salvo cuando les daba por meterse al mar, con gran contento de tiburones y pejes carroñeros, las jaurías errantes de difuntos acostumbraban irse a cobijar a las laderas del Chilotte. Era entonces cuando los dueños de los rebaños, temerosos de su venganza, contrataban a los *pwazon rat*, y era entonces cuando los *pwazon rat* se organizaban en cuadrillas y salían a cazarlos.

Nunca se supo cómo se orientaban, pero al Chilotte, tarde o temprano, llegaban todos, los que se fugaban de la Sabana Zombi y los que se escabullían desde Piton Mango. Y hasta los que lograban escapar de las manadas dormidas de la Grande Colline, al otro lado del Golfo, iban a dar a esa loma.

Bombardopolis quedaba casi al pie del Chilotte —aún queda allí, pero el recuerdo— y en aquel tiempo no era muy raro ver a los muertos vivos atravesar a cualquier hora el pueblo, tan atormentados por el sol y tan comidos por los bichos que apenas sentían las pedradas, los niños les tiraban piedras y ellos no sabían esquivar el golpe, resbalaban y caían, se levantaban y al poco rato volvían a caer, la vista fija en la pelada loma.

Asomados a las puertas del Petit Paradis, que así se llamaba el puesto de comidas de Yoyotte Placide, los *pwazon rat* se quedaban viéndolos pasar, pero jamás intentaban detenerlos. Para eso estaba el monte, y era allá, de noche y sin testigos, donde los acorralaban, los enlazaban como a las iguanas de comer, y como a las iguanas de comer los amarraban en racimos.

Luego buscaban si por casualidad quedaba alguno que pudiera ser devuelto a su rebaño, pero casi nunca podían devolver a nadie, porque para cuando llegaban al Chilotte la mayoría había pasado días y días rondando la costa, revolcándose bajo la ponzoñosa sombra de los manglares negros, lamiendo la sal que se hacía costra en el follaje. Era la sal la que los despertaba, y al despertar se miraban tal cual eran, se acordaban de lo que habían sido, desesperaban por volver a ser. Entonces se enfurecían: tiraban a patear, tiraban a morder, tiraban a destazar, y como ni siquiera podían ser arrastrados de regreso al pueblo, los cazadores se conformaban con arrancarles ese trocito del cogote donde llevaban la marca del rebaño. A cambio de eso, el dueño del ganado les pagaba.

Al final los rejuntaban a todos en una misma cueva y dejaban a solas con el bulto a un *pwazon rat* llamado Gregoire Oreste. Cada cual tenía su oficio en la cuadrilla y el de Gregoire Oreste era rematar la caza.

Los demás hombres que acompañaban a mi padre se llamaban Moses Dumbo, Divoine Joseph, Achille Fritz y Tiburon Jérémie. Moses Dumbo, que a sus ochenta y dos años cumplidos era el *pwazon rat* más viejo de Haití, juraba que en el último minuto algunos zombis sabaneros tenían la facultad de convertirse en animales: en marranos sin rumbo, en mangostas borrachas, o en las gallinas de cresta colorada que se les presentaban de repente, aleteando en mitad de un camino, y que aun así ellos agarraban y metían de cabeza en los macutos.

Por las noches, sentado junto al fuego, el viejo Dumbo velaba el caldo y esperaba por el primer hervor: una carne que levantara mucha espuma no era carne cabal, ni tampoco una carne que a la primera se les volviera blanca. «¡Carroña viva!», gritaba, y no paraba hasta que convencía a todos para que la botaran.

Con luna llena no se salía a cazar. Ni se salía a cazar los lunes, que son los días del Barón-la-Croix. Tampoco era bueno enlazar bestias por Semana Santa ni la víspera del Día de los Difuntos. Pero lo más peligroso, más que cobrar la pieza y no saber cubrirla —que había que cubrirle la cabeza— era salir a cazar con una herida abierta o con enfermedad cogida en vientre de mujer.

Por eso, un rato antes de partir al campo, Divoine Joseph, que era el segundo al mando, los obligaba a desnudarse a todos, y los iba registrando uno por uno: les miraba la boca y les sacudía las orejas, les exprimía el capullo, les apartaba las nalgas y les tentaba por debajo el saco de los huevos. A veces hablaba bajito con un hombre y lo separaba del grupo, era seguro que le había palpado un bulbo. Cuando por el contrario hacía una mueca y señalaba hacia la puerta, quería decir que todos estaban sanos y que ya podían ponerse en marcha.

Tan pronto como empezaban a subir al monte, los *pwazon rat* evitaban llamarse por sus nombres y apenas hablaban entre sí, pero en cambio se ponían a silbar. El silbido enloquecía a las jaurías, mi padre decía que las desorientaba, él y Divoine Joseph se sacaban del pecho unos pitidos de locura, ni siquiera los hombres de la cuadrilla podían soportarlos, Divoine les hacía señas para que se taparan los oídos, él también se los tapaba, pero mi padre no. Mi padre lo aguantaba a pulso, con los ojos cerrados y las orejas tiesas.

A veces, una bestia más aguzada que las otras los perseguía, les iba pisando los talones mientras ellos avanzaban por el campo, o se escondía detrás de un árbol cuando la cuadrilla hacía un alto para sentarse a comer, y si no encontraba el árbol, que ya por esa época empezaban a escasear, se encogía como un sapo y disimulaba bajo la maleza. Sin hacerle mucho caso, los hombres terminaban de comer con toda su calma y más tarde se reunían en torno a mi padre, que dibujaba los caminos de la loma sobre una capa de cenizas y le señalaba el rumbo a cada cual. También les asignaba una pieza, o dos, o tres o cuatro, dependiendo de la cantidad de bestias que hubiera en la jauría.

Estando arriba no se podía pegar ojo. Al oscurecer, mi padre daba la orden para descansar un rato sobre las hamacas. Allí se podía hablar pero en susurros, por lo general los hombres fumaban, bebían unos cuantos buches de *clairin* y planeaban lo que harían con el dinero que recibirían en pago por la cacería. Cuando bajaban de la loma esos planes ya se habían esfumado, porque bajaban estragados, con los últimos aullidos metidos aún dentro del cráneo. De modo que corrían a Mole Saint Nicolas, que era el pueblo de Divoine Joseph, se metían como desesperados en el cabaret del manco Tancréde y allí se hacían bañar por las dominicanas —había dominicanas de Santo Domingo y dominicanas de Haití, también llamadas «dominicanas de la tierra»— mientras chupaban botellas enteras de esa melaza púrpura que es el licor de Cayemite. Sólo así se arrancaban del alma ese sabor a muerto. Desperdiciaban en una sola noche la mitad del sueldo que se habían ganado: el manco Tancréde conocía su negocio.

Si rompía a tronar era otra cosa, porque las jaurías se revolvían y las bestias peleaban entre sí, o se quedaban como sembradas dondequiera que las agarrara el sopetazo. Los *pwazon rat* preferían las noches de tormenta para trabajar, no porque ellos fueran más demonios que los demonios que salían a cazar —que eso decían las malas lenguas de Bombardopolis—, sino porque así avanzaban con más calma y menos peligro.

Lástima que no hubo tormenta, ni trueno, ni compasión alguna el día en que murió mi padre. Ahora pienso que ya estaba demasiado viejo para un oficio como aquél, estar demasiado viejo para la cacería quiere decir estar confiado.

A mi padre lo mató una diabla vieja llamada Romaine La Prophetesse, mala mujer que fue de viva, imagínese lo que fue después de muerta. Ella en sus tiempos había sido *mambo*, sacerdotisa, madama de tripa y corazón muy duros, cuya única debilidad siempre fue el hijo, un renacuajo de hombre que se llamaba Sonsón. Por venganza, por verla rabiar, por destrozarle el poco afán que le quedaba, alguién le mató a Sonsón y ella no tuvo más remedio que enterrarlo. Pero luego averiguó que lo habían visto en el Massacre, ese río que se crece en la desgracia, llevando un botecito de un lado para otro, cargando sacos de carbón, sin descansar siquiera por las noches, como un mendigo su muchacho.

Cualquier madre da la vida por un hijo, pero Romaine La Prophetesse hizo algo más: dio su muerte por él. Ordenó a sus ayudantes que la bajaran donde los difuntos, quería sufrir lo que Sonsón había sufrido. Aquel entierro fue algo grande, y es que en Haití no se había visto nada igual: una persona que bajara por su voluntad. Después la espabilaron, le dieron de comer la pasta del *cocombre zombi*, y ella se puso brava y fue derecho hacia el Massacre. Pero su hijito ya no estaba, no lo pudo encontrar ni buscándolo en las dos orillas, alguien le sopló que se lo habían quemado, por eso se volvió tan perra.

El día que emboscó a mi padre, Romaine La Prophetesse viajaba con su tropa por los senderos del Chilotte, una tropa de zombis sabaneros, hambrientos y matones como ella. Lo sorprendieron lejos del campamento, dando de cuerpo en unos matorrales, ésa era otra de sus costumbres antiguas: mi padre nunca dejó que

79

nadie lo viera ensuciar, decía que era el momento de mayor debilidad de un hombre y se alejaba de su gente para hacerlo.

Los de la cuadrilla no sospecharon nada, ni siquiera oyeron gritos. Un *pwazon rat* sabe defenderse, tiene el deber de defenderse con uñas y dientes, con machete y con lo que haga falta, pero nunca grita. El hombre se despide en silencio, decía mi padre, y se despide pensando en su futuro.

Divoine Joseph y Moses Dumbo encontraron más tarde el cadáver. Lo encontraron sin su piel, aquellas bestias lo habían despellejado y lo dejaron tirado sobre su excremento. Frou-Frou lo lavó a pesar de todo, pero luego se quejó de que las manos se le quedaban pegadas a la carne viva, y de que las venitas de mi padre se le enredaban entre los dedos como lombrices. Un cuerpo sin su piel es repugnante, pero Frou-Frou supo ponerle la camisa.

Toda la familia se reunió para el velorio. Mi hermano Jean-Pierre era el que más lloraba y a mi hermano Etienne hubo que darle fuerzas, tres botellas de aguardiente no fueron suficiente. Mi hermana Yoyotte y su madrina viajaron desde Bombardopolis acompañando el cadáver. La vieja Yoyotte Placide se desmayó en brazos de Frou-Frou: no hay nada como las grandes penas para aplacar los odios entre dos mujeres, daba gusto verlas afligidas, llorando sin parar con las cabezas juntas.

Pocos meses después nos desbandamos todos y así se terminó la casa de mi padre. Cuando su casa se termina, ahí es donde muere el hombre.

Gente sin rostro

Traté de mantener un tono cordial. Escribirle a Martha esa primera carta, después de todo lo que había ocurrido entre nosotros, me suponía un doble esfuerzo, un ejercicio de cautela por un lado y de temeridad por otro. Le conté el súbito final de nuestra expedición al Mont des Enfants Perdus, incluyendo lo del robo de mi tienda de campaña. Me quedó un relato hasta cierto punto frío, como si le hubiera sucedido a otro. Le hablé además sobre Thierry y sobre la historia de ese padre que había sido cazador. No mencioné el objeto de su cacería.

Aunque no había podido hallar ni rastro del *Eleutherodactylus sanguineus*, le aseguré que volvería a intentarlo en ese mismo monte, dentro de un par de semanas, y que mientras tanto permanecería en Port-au-Prince, aprovecharía ese tiempo para localizar al único haitiano que se había interesado seriamente en las declinaciones, alguien que no era ni siquiera herpetólogo sino médico, un cirujano llamado Emile Boukaka.

Evité hablarle de la ciudad. Le conté que la piscina del Oloffson estaba vacía y que de vez en cuando bajaban a limpiarla. Se encargaban dos hombres en pantalones cortos, saltaban al fondo y barrían las hojas secas, las pencas de palma, los frutos medio podridos, a lo mejor papeles, lo metían todo en bolsas plásticas y subían por la escalerilla empapados de sudor, con la espalda chorreando, como si en realidad salieran del agua. Un puñado de huéspedes se recostaba luego en las tumbonas y leía los periódicos franceses, que llegaban con tres o cuatro días de atraso.

Tampoco mencioné a los muertos, supuse que Martha estaría enterada por la prensa. En las calles de Port-au-Prince siempre había un pequeño enjambre de fotógrafos y cada mañana los veía arremolinarse en torno a los cadáveres. Los cadáveres, generalmente de varones jóvenes, aparecían tirados en cualquier lugar, pero un día apareció el de una mujer, casi a las puertas del hotel. Me acerqué con el resto de los curiosos, no pude verle el rostro, estaba bocabajo y descubrí que le faltaban las manos. No tenía idea de que el cadáver de una mujer sin sus dos manos pudiera causarme una impresión tan viva: me entraron náuseas y cerré los ojos.

La carta para Martha terminaba con varias recomendaciones. En el mismo sobre incluí algunos papeles y memorandos que debía hacerles llegar a mis colegas; además había un informe dirigido a Vaughan Patterson, el informe estaba escrito a mano y le preguntaba si ella tendría tiempo de pasarlo a máquina.

Mi próximo paso sería dar cuenta en la embajada sobre mi presencia indefinida en Haití, con ello podría pedirles que incluyeran mi correspondencia en la valija oficial. No era cualquier correspondencia al fin y al cabo, sino documentos, apuntes y fotografías, todo dirigido a laboratorios y universidades.

Esa tarde, cuando estaba a punto de salir, un empleado del hotel me detuvo en el vestíbulo: allí me estaban esperando, dijo, y señaló a dos hombres de uniforme, estaban apostados en lugares diferentes y al verme comenzaron a acercarse. Se identificaron como policías y me pidieron el pasaporte. Olían abiertamente a sudor y uno de ellos tenía la nariz rota, la cortadura le interesaba el labio superior y la hinchazón le alcanzaba el pómulo derecho, el ojo de ese lado también lo tenía hinchado, él era quien llevaba la voz cantante. Quería saber cuánto tiempo pensaba quedarme en Port-au-Prince. Tuve la tentación de ser amable, los invité a sentarse, negaron con la cabeza y se quedaron esperando.

—Soy biólogo —dije por fin—, y estoy buscando una rana, pero no aquí, sino en el Mont des Enfants Perdus. Saqué del bolsillo una pequeña lámina: era la ranita que había dibujado para Thierry en nuestro primer encuentro. Ni siquiera dije el nombre científico, me referí a la *grenouille du sang*, ahí la tenían, eso era todo lo que me importaba.

—Tengo permiso de la cancillería —añadí.

Uno le pasó la lámina al otro y me di cuenta de que apenas le prestaban atención. Sin embargo, ensuciaron los bordes, vi las huellas de los dedos tiznados sobre el papel cebolla, huellas negras y perfectas.

—Esos permisos ya no valen —dijo de pronto el de la nariz rota—. Desde septiembre se acabaron los permisos.

El otro me devolvió la lámina.

—No se puede quedar más de treinta días.

Hablaban mordiendo las palabras y se me ocurrió que podía tratarse de unos impostores. Estuve a punto de pedirles que volvieran a mostrarme sus papeles, antes sólo había visto un par de cartulinas arrugadas, parecían húmedas, ni siquiera reparé en las fotos. Me contuve a tiempo, pero supongo que mi actitud cambió.

—Pienso quedarme unos tres meses —dije.

—No más de treinta días —repitió el hombre, y me entregó un papel tan sucio como los bordes de mi lámina: era una citación.

—Debe llevar el pasaporte —agregó—, y ese permiso de la cancillería.

85

Leí el papel y lo doblé junto con la lámina, di media vuelta y caminé lentamente hacia la salida del hotel, los dos hombres se quedaron atrás, mirándome mientras me alejaba, apreté el paso y me metí en las calles llenas de humo. Por una razón u otra, en las calles de Port-au-Prince siempre había humareda, cuando no quemaban montones de basura, quemaban muebles viejos o gomas de automóvil, a veces ardían cadáveres de animales. Esa tarde estaba ardiendo el de un burro, tuve la extraña sensación de que el animal agitaba las patas mientras se achicharraba. Me detuve a mirar, un muchacho a mi lado se reía, una mujer pasó y le gritó unas palabras que no pude comprender, eran palabras duras, luego las patas se quedaron quietas y yo seguí mi camino.

En la embajada me hicieron rellenar un documento donde anoté mis datos y el motivo de mi presencia en Haití, también preguntaban a quién debían avisar en caso de enfermedad o de muerte. Vacilé al escribir el nombre de Martha, agregué debajo el de mi padre. El funcionario que me atendía preguntó si llevaba algún itinerario fijo, le respondí que no, que mi trabajo estaba sujeto a una serie de expediciones que a su vez dependían de otros factores como la lluvia, la nubosidad o la niebla, incluso las fases de la luna. Con luna llena se registraba una menor actividad de los anuros, posiblemente se ocultaban, por lo tanto muchas expediciones fracasaban.

El hombre me escuchó con atención, pero se negó a quedarse con mi correspondencia, tenía que consultar primero si podía ser incluida en la valija. De todas formas, tendría que rellenar unos papeles y sugirió que lo llamara al día siguiente para darme una respuesta. Volví a la calle y busqué en mi cartera las señas del profesor haitiano que me había recomendado a Thierry, quería pedirle que me facilitara el nombre de otro guía. Pensaba contarle lo que había ocurrido, hay gente que sencillamente no tiene química entre sí, y Thierry y yo no habíamos congeniado. Se me iba a hacer difícil volver a trabajar con él después del incidente en la primera expedición.

Pregunté a un transeúnte por la dirección que aparecía en la tarjeta. Me informó que era un lugar muy apartado y pensé que lo mejor era regresar al hotel y recoger mi automóvil, el mismo Renault con el que había viajado al Mont des Enfants Perdus. Un empleado se había quedado limpiándolo, y de paso me aconsejó que le llenara el tanque; ya nunca se sabía cuándo iba a faltar el combustible.

Avancé un par de cuadras y volví a meterme en el centro de la humareda, esta vez no logré dar con el origen del humo, otro animal, seguramente. Decidí desviarme, y al doblar una esquina sentí que me tiraban de un brazo, creí que se trataba de un vendedor ambulante, quise soltarme y recibí el primer puñetazo, cerca del ojo, casi a la altura de la sien; el segundo me alcanzó de lleno en el estómago. Caí al suelo e intenté incorporarme, pero lo próximo fue una patada en el costado, tan intensa que temí que se tratara de una puñalada.

Me inmovilizaron entre dos, alguien puso su bota encima de mi espalda, era una negra bota sin brillo. De refilón vi la otra bota, y vi dos botas más, pensé que volverían a patearme, entonces percibí el tirón, mi mano aún se aferraba al sobre con la correspondencia, un enorme sobre acolchado dirigido a Martha. Quise retenerlo y descubrí que los dedos aún me respondían, intenté pedir ayuda, pegaron un tirón más fuerte, otra patada y me desvanecí.

Creo que desperté enseguida, porque todavía estaba tirado en medio de la acera y un grupo de gente se arremolinaba en torno mío. Entonces me acordé de los cadáveres del amanecer. Alguien me ayudó a incorporarme, pero todos se cuidaron mucho de preguntar si me encontraba bien o mal, o si necesitaba compañía. El ojo izquierdo me dolía y apenas podía abrirlo, me ardía la cara y respiraba con dificultad. Caminé el tramo que me faltaba hasta el hotel apoyándome en las paredes, pero en el vestíbulo me desplomé y dos empleados vinieron en mi ayuda, les pedí que me llevaran a la habitación y llamaran a un médico. Una tercera persona se acercó por detrás y trató de sostenerme la cabeza: era Thierry.

Esa noche se quedó a mi lado. Había que cambiar constantemente las compresas heladas que el médico recetó para el golpe del ojo; cabía la posibilidad de que tuviera una costilla rota y el menor movimiento me resultaba doloroso, pero aun así me negué a que me llevaran a un hospital. Cada cuatro horas debía tomar dos píldoras que Thierry depositaba en la palma de mi mano y que yo tragaba con dificultad, acompañándolas con una especie de infusión caliente que él mismo preparó y trajo en un termo.

Los dolores arreciaron en la madrugada, me quejé en voz alta y Thierry intentó consolarme:

—Espere a que amanezca. La amanecida alivia.

Ninguno de los dos durmió esa noche; yo cabeceaba, deliraba a ratos, no tenía fiebre pero los calmantes me daban una sensación de irrealidad, me parecía que otras personas entraban y salían de la habitación. Era gente sin rostro que venía desde la nada y que en la nada terminaba diluyéndose.

Thierry tenía razón: con las primeras luces el ojo se me adormeció, amainó el dolor del costado y caí en un sueño un poco más profundo, soñé que mi madre intentaba dibujar a la *grenouille du sang* y que yo estaba a su lado, indicándole el color exacto que tenía que usar.

Me despertaron unas voces y vi con el ojo bueno que

un camarero entraba con la bandeja del desayuno. El médico que me atendió la víspera también estaba allí, se afanaba sobre mi brazo izquierdo, me daba los buenos días y preguntaba si me sentía mejor. Tardé en responder y él agregó que aún me encontraba la tensión muy alta.

—Tal vez sea por el susto —dijo—. ¿Quiere que le avisemos a alguien?

Me acordé de aquel papel que había rellenado en la embajada y tuve una reacción de angustia, me incorporé en la cama y noté que respiraba mal.

—No es grave —puso su mano sobre mi hombro—, pero a lo mejor prefiere que avisemos.

Negué con la cabeza, volví a cerrar lo que por el momento era mi único ojo disponible —el otro me lo habían vendado— y traté de recordar el sueño con mi madre. Tuve la corazonada de que tal vez en ese mismo instante, a muchas millas de distancia, ella estuviera trabajando en el único óleo decente de toda su vida: una ranita encarnada que miraba al mundo desde su lecho de lirios. Lirios pardos, como tenían que ser.

Después del desayuno me sentí más animado, hablé de tomar una ducha y el médico sugirió que esperara hasta el día siguiente, recetó nuevas pastillas y luego Thierry lo acompañó a la puerta. Al regresar, se detuvo a mirar por la ventana.

—Todavía están allí —dijo.

Caí en la cuenta de que había perdido la carta para Martha, las notas para mis colegas y el informe para Vaughan Patterson. Un informe escrito a mano, documentado con dibujos y grabaciones realizadas en el campo.

Thierry corrió las cortinas y la habitación quedó en penumbras.

—Quieren estar seguros de que comprendió el mensaje —agregó—. Y no me diga que no sabe cuál es el mensaje, porque yo se lo di: el Mont des Enfants Perdus tiene su dueño, y el dueño no quiere que usted suba.

—Necesito esa rana —mi propia voz sonaba diferente—. Diles que consigo la rana y me voy.

El se sentó a los pies de la cama.

—Cada día usted se me parece más a Papá Crapaud. El también se encaprichaba con sus bichos, buscaba unos sapos que nunca existieron, que nadie conoció, ni mi padre ni los más viejos. Así era el hombre. Yo le enseñé la Ley del Agua.

Miré hacia el techo y resbalé dulcemente en la trampa: yo no buscaba una rana imaginaria, buscaba a la *grenouille du sang*, esa ranita roja que él mismo había escuchado tantas veces.

—En mala hora —suspiró Thierry—. Mejor que no la oyera nunca.

—Eso es aparte —le dije— ¿De qué murió Papá Crapaud?

Movió la cabeza y se acercó de nuevo a la ventana, levantó una esquinita de la cortina, se quedó allí bastante tiempo.

—Lo mató una mujer —dijo sin mirarme, pendiente de los movimientos en la calle—. Le puedo enseñar la Ley del Agua con tal de que usted me cuente lo de los pájaros que cría su padre.

Le pedí que me alcanzara lápiz y papel. Al empezar a dibujar me percaté de la debilidad extrema de todos mis músculos, de ahí que me saliera un avestruz medio borroso, como mirado a través de una cortina de lluvia.

—Este es el pájaro.

A su lado dibujé un hombrecito en la proporción adecuada para que Thierry pudiera calcular el tamaño del animal. El agarró el papel y estuvo observándolo en silencio.

—¿Cuánta carne sacará del bicho?

—La suficiente para que coman cien hombres —respondí.

—¿Cuántos huevos pone?

—Eso depende. En el rancho de mi padre hubo una hembra que llegó a poner noventa y cinco huevos en un solo año. Pero con cuarenta o cincuenta que ponga es suficiente.

—¿Suficiente para qué?

—Para que saquen la mitad de los polluelos —le dije—. Entonces, al cabo de un año, puedes llevar veinticuatro o veinticinco pájaros al mercado. Eso es bastante. Se vende la carne, se vende bien la piel y se venden las plumas.

Dobló el papel con la intención de guardarlo y le prometí que más adelante le haría un dibujo mejor.

—¿Cuántos de éstos tiene su padre?

Le confesé que no lo sabía con exactitud. Ese número variaba cada día, dependiendo de los animales que vendiera o que sacrificara. Calculaba que podía tener unos sesenta o setenta avestruces, sin contar a los polluelos, que estaban aparte.

—¿Dónde está el peligro?

Planteaba sus preguntas y escuchaba mis respuestas con la misma iluminada expresión de quien está recibiendo un poderoso secreto.

—El peligro está en las patas —le dije—. Los avestruces tienen dos dedos, nada más que dos, pero con eso pueden decapitar a un hombre, sobre todo si están en la época de celo y el hombre se les acerca al amanecer.

Thierry suspiró, le dio vuelta al dibujo y pidió que le dijera más: el color y el tamaño de los huevos, el tiempo que tardaban los polluelos en salir del cascarón, la clase de alimento que comían. En ese punto me detuve, le prometí que se lo contaría en otro momento, ahora estaba agotado y necesitaba dormir.

—Sólo una cosa más —rogó—, dígame cuánto tiempo viven.

Antes de marcharse, me dejó a mano una buena provisión de hielo y las pastillas que me tocaba tomar en la tarde. Se alejó sin hacer ruido y me acordé de los fámulos bengalíes de las películas, los mismos que siempre terminan por acuchillar al amo.

Desde la puerta se volvió para mirarme, y me hizo un gesto de despedida con la mano.

—Es mentira que entierren la cabeza en la arena —murmuré como para mí mismo. El ya no me podía escuchar.

Cada año, durante la primavera, miles de sapitos dorados de la especie conocida como *Bufo periglenes* hacían su aparición en los ríos y lagunas del bosque Monteverde, al norte de Costa Rica.

Era la época en que celebraban un curioso ritual de apareamiento que duraba varios días.

En 1988 sólo fue visto un sapito dorado en la gran extensión del bosque.

Dos años más tarde, en 1990, el *Bufo periglenes* se había extinguido por completo.

Orín de vaca

Llegó cargado de ranas. Ranas negras como piedras de rayo. Ranas azoradas, con la mirada de lechuza. Ranitas amarillas, del tamaño de una moneda.

Trajo además un sapo nunca visto, un animal taimado que aún se movía dentro de su frasco, pero que más que sapo parecía un murciélago; le pregunté a Papá Crapaud qué clase de demonio era aquél y me respondió que el más valioso que había encontrado nunca. Luego se puso a dibujarlo y me mostró las patas, la cabeza chata, las bolsas del veneno y los alerones que usaba para poder lanzarse desde lo alto de los árboles. Papá Crapaud estaba muy orgulloso del cargamento que había traído desde la Guadalupe. Pero sobre todo, estaba orgulloso de la mujer que había encontrado por allá.

Se llamaba Ganesha y como entonces yo era joven, nunca había visto otra mujer igual. Después, de ese color y con los mismos ojos, llegué a ver muchas, todas torcidas. Hay algo en esa mezcla que no va con Dios. Papá Crapaud dijo que la familia de Ganesha, su madre y su padre, habían venido de muy lejos. Sacó un mapa y me enseñó los cuatro mares que tuvieron que cruzar para llegar a la Guadalupe. Le pregunté por qué mejor no se quedaron en su tierra, pero no hizo falta que me contestara: no se quedaron porque estaba escrito que les nacería una hija, y estaba escrito que el día en que Papá Crapaud bajara de aquel barco en el lugar llamado

Pointe-à-Pitre, ella sería la primera en acercársele para venderle una ranita seca. Luego supe que se dedicaba a vender ranas de adorno en un quiosco del puerto, y así fue como se vieron por primera vez.

El día que me llevó a conocerla, Ganesha me saludó y juntó las manos, tenía unos brazos muy velludos y aposté a que le sobraban las tres matas de pelo que tanto celebraba mi padre. Pero también llevaba una pequeña argolla en la nariz y un lunar de sangre en la frente. Pensé que era pintado, nadie tiene un lunar tan rojo y tan redondo en ninguna parte.

No era una mujer muy limpia. Mi madre, que sí lo era, solía decir que las mujeres cuando son marranas siempre se las arreglan para arrastrar al hombre. Eso lo comprobé con Ganesha, porque Papá Crapaud dejó de ponerse sus camisas planchadas y cuando sacaba los pañuelos, que eran pañuelos blancos, daba grima ver el moco seco, las manchas de sudor, la mugre de toda la semana. Ganesha era tan sucia que usaba el orín de las vacas para limpiar el suelo; tan sucia, que los vecinos se quejaban porque ya no podían soportar el olor a bosta que salía de su casa.

Papá Crapaud se ofendía mucho cuando le daban quejas de la mujer, alzaba el puño y lo agitaba en alto, como si defendiera la honra de su madre. Llegó a decir que Ganesha no era la misma clase de cristiana que las demás mujeres, y que los *loas* que bajaban a su mesa eran los *loas* de otras tierras, a los que les gustaba el orín y la bosta, la bosta y el arroz con leche. Nadie se lo creyó, todos sabíamos que Ganesha le había bebido el alma. Papá Crapaud tenía ese sufrimiento, al principio casi no hablaba, se le notaba cuando oscurecía y nos quedábamos a solas en el monte, yo le entregaba las ranitas que atrapaba, cualquier rana que a él le interesara, él entonces me miraba fijo: «Dime, Thierry, ¿dónde es que está la dignidad de un hombre?». Me lo preguntaba porque sabía lo que yo iba a contestarle: «La dignidad del hombre está en sus bolas. Por eso la pierde con frecuencia».

Ganesha tampoco era mujer leal: cuando Papá Crapaud se iba conmigo a las lagunas, empezaban los hombres a rondar su casa. Alguno lograba entrar, ella decidía a quién dejaba y a quién no. Los demás se quedaban afuera, mirando con la boca abierta hacia la casa, babeándose de la avaricia. A veces Papá Crapaud llegaba de improviso y daba grandes alaridos, sacaba la escoba y tiraba golpes en el aire, los hombres se alejaban y a la primera oportunidad se acercaban de nuevo, igual que perros que van y vienen detrás de una hembra en celo.

Poco a poco, dejó de hacer expediciones, ya no quería dejar sola a Ganesha, la molió a golpes muchas veces, pero ella nunca entró en razón, se enamoró de un hombre más joven que Papá Crapaud y más joven que ella misma, un bebedor que espantó al resto de los pretendientes —él sí pudo hacerlo— y que se robaba todo lo que encontraba en su camino: cámaras y bolígrafos, dólares y zapatos, jabones y espejuelos, cualquier cosa que Papá Crapaud no hubiera puesto a buen resguardo.

Me tocó a mí buscar todas las ranas. El viejo me mandaba y se quedaba vigilando a su mujer, disimulando que dibujaba sapos, hubo una época en que colocó alambre de púas alrededor de las ventanas y pasaba las noches montando guardia junto a su propia puerta, armado con una carabina vieja que le compró a un *macoute* de Petit Goave. Así vino a parar un hombre de su ciencia, hundido en ese pozo, hablando solo por las noches. Las tripas de las ranas no pueden ilustrar a un hombre. Y él no tenía más mundo que sus ranas, por eso lo engañaron.

Le preguntaba por qué no devolvía a Ganesha al lugar donde la había encontrado, y entonces él, que no bebía ni gota de licor, me miraba con ojos de borracho: «¿Dónde está la dignidad del hombre?». Se agarraba sus partes y las sacudía frente a mis ojos. «Aquí está, Thierry, y aquí no tengo nada, nada.»

Ganesha, sentada en el suelo, no se tomaba la molestia de mirarnos. Cocinaba en cuclillas, guisaba unos potajes de color ladrillo que luego servía en unos cuencos floreados, los mismos cuencos que había traído desde la Guadalupe. Cuando uno menos lo esperaba, pegaba un salto y salía corriendo de la casa, Papá Crapaud salía detrás de ella y le gritaba insultos, la sacudía, la agarraba por el pescuezo y la arrastraba de nuevo a su cueva. Así vivían, así cambió la vida de todos, incluso la mía, porque yo también quise saber qué era lo que guardaba aquella bruja entre las piernas, me quedé en la casa un día en que Papá Crapaud salió a echar unas cartas y la abracé por detrás. Ella se reviró y trató de huir, yo la alcancé en la puerta, le alcé la falda y vi todo lo que tenía que ver: pelos tan largos como barbas, negros y lisos, estoy seguro de que se los peinaba, capaz era de hacerse trenzas. Los aparté como si abriera una cortina y ella se dejó tocar, le levanté la blusa y vi los botoncitos de las tetas, tan rojos como el lunar de sangre que tenía en la frente, pasé mi lengua para quitarle la pintura, creí que era pintura, y los froté con saliva, pero los botoncitos se quedaron rojos, eran de un rojo natural. La empujé entonces hacia el suelo y ella logró zafarse, pero en lugar de tirar golpes o escapar, se puso en cuatro y se ofreció como una perra. A Ganesha no había que pedirle nada, por eso tantos la perseguían. Ella sabía lo que necesitaba cada cual.

En adelante, cuando Papá Crapaud me preguntaba que dónde estaba la dignidad de un hombre, yo no le contestaba. Por el contrario, bajaba los ojos y le cambiaba el tema, a mí también me estaba faltando algo, algo que había perdido desde el día en que pisé a Ganesha, y también los días que siguieron, todo ese tiempo en que no pude pensar en otra cosa sino en el modo de volverla a pisar.

Luego ocurrió que me enfermé. Se lo confesé a mi padre, que no le dio mucha importancia, sólo me mandó donde Divoine Joseph para que me diera algún remedio. Divoine me desnudó como si fuera un *pwazon rat* de los de su cuadrilla, me registró por delante y por detrás, me exprimió el capullo, me apartó las nalgas y me tentó por debajo el saco de los huevos.

—Estás frito, hijito.

Me recetó un mejunje para tomar y otro para untarme entre las piernas.

—Más te vale mojar en lo del manco Tancréde. Allí son limpias.

Papá Crapaud también se puso muy enfermo, le pedí que se dejara curar por Divoine Joseph, pero no quiso, prefirió llamar a un médico de Port-au-Prince, un doctor blanco y sin ninguna malicia, que lo estuvo inyectando durante mucho tiempo sin llegarlo a curar del todo.

Una madrugada, cuando regresábamos del río, me preguntó por qué le había pisado a su Ganesha, lo dijo sin coraje y yo guardé silencio. Después se me ocurrió que tal vez era el orín de vaca. Le comenté que el tufo que su mujer había cogido era el mismo tufo del orín que salpicaba por la casa.

—Eso tira de los hombres —le advertí—, por eso vienen como perros, todos somos así cuando se huele el ansia de un animal en otro.

—Ganesha tiene sus creencias —replicó él—, las costumbres de su padre y de su madre, ¿acaso no tienes tú las costumbres de los tuyos?

Entonces me acordé de la Ley del Agua, era una ley

difícil de la que nunca le había hablado, ni siquiera por haber pasado tantas noches con él cerca del río, oyendo ruidos que no eran de este mundo, voces que apestaban, chapoteos y llantos de criatura en la superficie. Le pregunté si quería que lo ilustrara, pensé que de ese modo podría pagarle en algo el daño que le había hecho al revolcarme, bajo su propio techo, con esa puta de mujer con la que me moría por volverme a revolcar.

Papá Crapaud me invitó a su casa, algo que no había hecho en muchos días, le pidió a Ganesha que nos sirviera té y que nos dejara solos. Luego prendió su pipa, era el único lujo que no le habían robado, me miró con perdón y se sentó a escucharme.

—Bendito sea Agwé Taroyo —dije para empezar—. El agua apaga la candela.

Bárbara

Me pidió que apagara la grabadora. La ley en la que estaba a punto de ilustrarme no podía perdurar de otra manera que no fuera en la cabeza y en la lengua de los hombres. Lo que se amaba, dijo, debía respetarse, y el principio de todo amor es la memoria. Podía aprenderme de memoria sus palabras, me aconsejaba que las aprendiera, pero llevaba un gran castigo repetirlas sin autorización de los «misterios». Ya que él no había podido salvar la vida de Papá Crapaud, tal vez ahora, después de tantos años, pudiera salvar la de otro buscador de ranas.

—La suya —musitó—, que viene a ser lo mismo.

Prendió un cigarro y se sirvió un vaso de ron. La habitación estaba en penumbras, Thierry hablaba bajito pero cada frase la repetía un par de veces, era como un dictado monótono y altivo, la emoción le impedía alzar la voz. Para tomar aliento, se llevaba a la boca el vaso con el ron oscuro, me pareció que crepitaban sus labios al hacer contacto con el licor.

—Las lagunas cercanas a la mar no se alimentan suficiente. Eso es lo primero que debe usted saber.

Hablaba desde una especie de sopor o trance, cerró un poco los párpados, quedó apenas visible una ranura blanca.

—Como no se alimentan, siempre tienen hambre, y

como tienen hambre, se tragan todo lo que encuentran. Un hombre debe tomar sus precauciones al pasar junto a esas charcas grandes y solitarias.

Lo vi temblar, le pregunté si tenía frío, le propuse que apagáramos el aire acondicionado. No respondió, empezó a balancearse hacia adelante y hacia atrás, muy lentamente, me pareció que de un momento a otro se iba a desplomar.

—Vaya y recoja sus ranitas, no le digo que no, pero cuídese de mirar el ojo de agua, o de pararse para saludar a la mujer que tiende ropa en la orilla. La mujer es negra, pero los hijitos pueden ser mulatos. Si lo llaman, cállese y apriete el paso, que ésa no es gente de este mundo. En cambio, si ve un aura tiñosa, salúdela enseguida, dígale «kolé kolé yo la», repítalo tres veces y persígnese en el nombre de Dios.

Recordé que Martha tenía la costumbre de persignarse antes de meterse en la cama. Al principio me resultaba irónico que una mujer de su carácter y su rigor científico arrastrara ese pecado de la infancia, como quien sigue arrastrando un viejo osito y lo abraza a la hora de dormir. Nunca quiso contarme el origen de aquella manía, a esas alturas no era más que una mísera manía, pero supongo que tenía que ver con los melindres de la anciana que la había criado. Martha fue entregada a sus abuelos poco antes de cumplir dos años, y de ahí en adelante sólo vio a sus padres por temporadas, casi siempre en Navidad, la madre estaba un poco enferma, era una depresiva cíclica. Yo no los conocí sino hasta el día de nuestra boda, se aparecieron como dos fantasmas y me dediqué a observarlos: Martha tenía mucho de su madre, sobre todo en los ojos y en la manera de apretar la boca; a su padre no se parecía en nada, si acaso en el metal de voz.

—No se acueste a dormir debajo de ningún árbol.

Hay que tener mucho conocimiento para saber cuál está limpio y cuál está cargado.

El vaso de Thierry estaba vacío, buscó a tientas la botella y volvió a llenarlo, echó la cabeza hacía atrás y me pareció que su voz cambiaba.

—Si ve un cangrejo cerca de una casa, llame al dueño, llámelo fuerte, porque ese bicho no anda solo. Los cangrejos se trabajan, se rellenan con el «daño» y se sueltan para que alguien los recoja. Quedan muy pocos que sepan hacer ese trabajo, pero por si acaso grítele que no lo quiere.

Cangrejo hervido. Muelas de cangrejo a la parmesana. Huevos revueltos con crema de cangrejo. Era parte del menú de Crab Stories, el restaurante predilecto de Martha, un lugar donde acudía a almorzar con Bárbara al menos dos veces por semana. Me invitó una noche y me hizo probar unas frituras de marisco, un plato delicioso que me llenó de suspicacias.

—No repita el nombre de sus seres queridos en tanto el agua le dé por la cintura; no haga planes ni piense en celebraciones mientras tenga los pies metidos en el agua; no se acuerde ni por casualidad de sus difuntos, los muertos se quedan un tiempo jugando en las quebradas, chupan por debajo al vivo, lo ahogan sin querer.

Pocos años después, la madre de Martha murió. Nos avisaron de madrugada, casi todas las muertes súbitas ocurren a esas horas. Acompañé a mi mujer al funeral y vi que la difunta mantenía los labios apretados, mi suegra había muerto de una forma estúpida: resbaló en su casa y la cabeza se le abrió como una fruta. Martha no derramó una sola lágrima, en cambio quedó abatida cuando unos meses más tarde falleció la abuela. Quiso que la veláramos en nuestra casa, ella acababa de conocer a Bárbara, trabaron amistad en unas jornadas ecológicas, y desde entonces prácticamente se veían todos los días. Bárbara la ayudó a organizar el velorio, era gentil y me abrazó por cortesía. Luego se atrincheró al lado de mi mujer y se quedó allí hasta la hora del entierro: frotándole la espalda, llevándole comida, acompañándola al lavabo.

—No se atreva a comer papaya cuando la laguna esté a la vista. Ni se le ocurra ponerse a cortar guanábanas o a pelar mangos si cree que el perfume puede llegar al agua. No parta un solo coco si le parece que el golpe se va a escuchar en la orilla. Hágame caso.

Después del entierro, volvimos a casa. Bárbara vino con nosotros, se hizo cargo de la cocina y preparó la cena, era una mujer muy práctica, el tipo de persona que infunde ciertas seguridades, probablemente aquellas de las que carece. En medio de la cena, le ofreció una copa de vino a mi mujer, y mi mujer, en agradecimiento, la besó en la mejilla.

—Si un hombre besa los pies de una mujer dentro del agua, la mujer se morirá primero.

Thierry se puso de pie, hizo un gesto como de pereza y otro gesto breve, demasiado breve, como de alegría. Tuve la impresión de que se despertaba después de haber dormido muchas horas. Luego se secó los párpados, parecía que secaba lágrimas, pero no había lágrimas allí, sólo el recuerdo de ellas.

—Si dos mujeres se meten al mismo tiempo y con el mismo pie cerca de la desembocadura, donde se juntan la corriente dulce y la salada, terminarán queriéndose como mujer y hombre.

«Como mujer y hombre», me estremecí. ¿Quién era el hombre entre las dos? ¿O es que acaso se querían como mujer y mujer? ¿Quién fue la que sedujo a quién, cuál de las dos tomó la iniciativa, qué se dijo de mí (siempre se dice algo), qué alegó Martha, qué recuerdos, qué reproches, qué frustraciones desahogó?

—No beba el agua de una charca sin pedir permiso y sin pagar su precio.

Lo que Martha veía en mí, con su mirada sagaz de bióloga marina, lo comentaba luego con Bárbara, abrazadas las dos, en aquel apartamento que yo no conocía, pero que sospechaba debía de estar repleto de fotografías —una geóloga exitosa siempre se hace retratar *in situ*—, salpicado de piedras y de fósiles, de muestras de los suelos, de fragmentos de roca que habían caído a lo más bajo.

—Para llevarse una piedra de una charca, tendrá que arrodillarse y preguntar si puede, ¿nunca se llevó ninguna?

Le hice un gesto a Thierry para que se callara y cerré los ojos. Me sentí de pronto como desesperado, traté de concentrarme en mi recuperación —todavía me dolían los golpes— y en la fecha aproximada en que podríamos emprender la expedición al Casetaches. Eso era lo único que debía importarme. Abrí los ojos, me habían estado ardiendo, ahora se me quemaban.

—Mi mujer me abandonó, Thierry. No quiero hablar del agua. ¿Cuándo crees que podremos subir a esa montaña?

—¿Al Casetaches? Cuando usted quiera, cuando se sienta mejor. Esta misma semana.

—Esta semana —decidí—. Pero ahora dime, ¿cómo murió Papá Crapaud?

Durante el año 1992, David Whistler, curador del Museo de Historia Natural de Los Angeles, investigó las poblaciones del sapo *Bufo marinus* en el archipiélago hawaiano.

En la isla de Kauai, donde la especie antaño era abundante, no pudo encontrar ni un solo ejemplar de este animal, vivo o muerto.

Los nativos le comunicaron que los sapos, simplemente, «se habían ido».

Tú, la oscuridad

En las riberas del Bras à Gauche, que es el río más manso que conozco, se pueden respirar las miasmas que llegan desde el Bras à Droite, que es el río más sucio. Esos dos ríos se juntan en un revolcadero de aguas que se llama Saut du Clerc, y desde allí siguen como uno solo, ni tan manso ni tan sucio, un único brazo verde y renegado que va a desembocar al mar, cerca de Jérémie. Los «misterios» tienen sus caprichos, y en lugar de ir a comer al Bras à Gauche, que siempre huele a cielo, ellos se empeñan en recoger lo suyo en ese Bras à Droite que baja echando pestes. Papá Crapaud no lo quería creer y una noche lo llevé para que viera: él con sus propios ojos vio a una vieja llamada Passionise metiéndose en el río, llevando en una mano la bandeja con los pollos vivos, las viandas y el sirope, y en la otra, envueltos en papel de periódico, los dulces finos de la Dominica. La vieja se hundió con todo ese condumio, se quedó mucho tiempo bajo el agua, al parecer, poniéndole la mesa a Agwé Taroyo, y no se ahogó. Cuando tocaron el tambor, ella volvió muy satisfecha. Siempre se quedaba un hijo parado cerca de la orilla, el hijo iba con su tambor y cuando calculaba que la madre estaba lista para salir del fondo, tocaba fuerte, los golpes la ayudaban a encontrar el rumbo.

A Papá Crapaud le gustaban mucho esos dos ríos, sobre todo el Bras à Gauche, donde encontró a su sapo.

Hubo un tiempo, antes de que llegara con Ganesha, que levantamos campamento en la ribera. El se acostaba a dormir después de haber tomado el desayuno y despertaba hacia el oscurecer, que era el momento en que también se despertaba el bicho. Entonces pasaba las noches mirándolo, anotando los ruidos que metía, sacando cuenta de las veces que pisaba —que eran muchas, sapo rijoso como no hubo dos—, contando los huevos que ponía la hembra y metiendo debajo de la lupa al renacuajo, todavía vivo. Papá Crapaud le dio su propio nombre, un nombre demasiado largo para un sapo tan dificultoso, morado claro, con la cabeza chata y unos puntitos blancos alrededor del ojo. Años después, desapareció aquel animal, se fue a la luna como se han ido tantos.

Era una época feliz para Papá Crapaud, le mandaron una lámina en colores con el sapo dibujado y con su nombre escrito debajo en letras gordas. Era la lámina de un libro y él la metió en un marco y la colgó en su casa. Quizá por eso, porque fue tan dichoso en ese río, cuando no pudo vigilar más a Ganesha me pidió que volviéramos al Bras à Gauche, dijo que quería registrar las madrigueras de las ranitas de labio negro, compró una camioneta que le sirviera para atravesar el monte y levantamos campamento cerca del Saut du Clerc. Allí estuvimos tres días sin hacer nada, el pobre viejo se descompuso nada más que de asomarse al agua, pero no quiso regresar a Jérémie.

Pensé que se había vuelto a enfermar de sus partes y me ofrecí para llevarlo donde Divoine Joseph, él refunfuñó y dijo que no era necesario. Nos quedamos mirándonos las caras y esa noche, cuando le fui a llevar su caldo, me agarró un brazo y confesó que estaba envenenado. Le pregunté quién le había dado aquel veneno y se quedó callado: eso quería decir que la culpable era

Ganesha y le advertí que tan pronto como asomara el sol, quisiera o no quisiera, iría a buscar a Divoine Joseph para que lo purgara. Aparte de curar enfermedades malas, Divoine conocía el alivio para casi todas las ponzoñas.

Papá Crapaud se quejaba cada vez más fuerte, dijo que sentía como si todas las hormigas de este mundo le caminaran por debajo de la piel. No se podía dormir y estuvimos hablando hasta la madrugada, quería saber con qué lo habían envenenado, no lo dijo así, pero lo supe por las preguntas que me hacía. Le expliqué que el veneno se preparaba de una forma en Saint Marc y de otra forma en Gonaïves, pero como el amante de Ganesha era del pueblo de Léogane, apostaba a que le habían dado el que se fabricaba por allá. Uno de ellos, porque en Léogane se fabricaban dos, cada cual llevaba bichos diferentes. Se me hizo un nudo en la garganta para explicarle que lo de las hormigas debajo de la piel era señal de que él había tomado el que llevaba sapo. No era justo, no era de ley que se muriera por culpa del veneno del *crapaud blanc*, quién sabe si mezclado con el de *crapaud brun*.

—Es lo justo —dijo Papá Crapaud—. Debe de ser ley que los sapos me lleven de este mundo.

Quiso sonreír, pero se le viró la boca, entonces preguntó si al veneno le ponían pescado. Le respondí que dos: uno que llaman *bilan* y otro que llaman *crapaud du mer*, los dos se hinchaban nada más rozarlos con la punta de una rama, y soltaban una hiel ciguata. Me preguntó que dónde había aprendido tanto de venenos y le conté que Charlemagne Compére, hermano de crianza de Yoyotte Placide, se dedicaba a prepararlos en Gonaïves. A Charlemagne lo había visto un par de veces empaquetando polvos, y para hacerlo se untaba las manos con *clairin*, con amonia y con jugo de limón; se tapo-

117

naba los huecos de la nariz y se cubría todo el cuerpo con sacos de yute; encima se ponía un sombrero. Los hombres que fabricaban el veneno tenían cuidado de no tocarlo ni respirarle cerca, y aun con eso, a veces, se morían.

Papá Crapaud siguió preguntando y yo apreté la boca. Recordé que en Gonaïves, para reforzar los polvos, metían al sapo y a la culebra juntos dentro de una vasija; la vasija se enterraba y se dejaba allí bastante tiempo hasta que los bichos se morían de rabia. Luego sacaban a los animales muertos, los ponían a secar y los machacaban para echarlos en la mezcla. No me pareció cristiano decirlo en esa noche, no mientras Papá Crapaud estuviera grave, así que disimulé que me caía de sueño y él también dijo que las hormigas en su cuerpo se estaban aplacando y que debíamos dormir.

Me alegré de oír aquello y me acurruqué en mi saco, soñé con mi madre y con mis amigos muertos, pero soñé, sobre todo, con la desquiciada que un tiempo atrás yo había bajado del monte Casetaches. En el sueño no la llegaba a ver, pero sabía que estaba allí porque escuchaba sus palabras, las palabras de su boca, que eran más largas y mucho más difíciles que las de su corazón. En eso me despertó el grito de una lechuza, de repente creí que era lechuza, pero enseguida me di cuenta que había sido el grito de Papá Crapaud. Cogí la lámpara y me senté a su lado: un hilito de sangre le salía por la nariz, no se movía ni respiraba, otro hilito le salía por la boca. Me acordé de una frase que decía mi padre al saludar a un muerto, algo que se había dicho siempre en la Guinea: «El alma del caído parte, libre, por la punta de la flecha que se llama Erikuá».

Estuve rezando para él, le quité la camisa y le limpié la sangre que comenzaba a secarse. La camisa la guardé en mi mochila porque estaba impregnada de virtud de muerte. Le puse otra camisa menos sucia, ya le he dicho que Papá Crapaud se abandonó en su ropa desde que se juntara con Ganesha; luego metí el cadáver en la camioneta y lo llevé a su casa. No golpeé la puerta para entrar, me asomé primero por la ventana y vi que Ganesha estaba de rodillas, rodeada de humo y de las bostas húmedas, envuelta en aquel tufo a orín de vaca, rezándole a la virgen de los muchos brazos, una que ella llamaba Mariamman. Repitió varias veces ese rezo: «*O toi, lumière... Toi, l'Inmaculée, toi, l'obscurité qui enveloppe l'esprit de ceux qui ignorent ta gloire*».

Me imaginé que rezaba por el alma de Papá Crapaud, ya ella debía de saber que estaba muerto; de todas las mujeres que conocí en mi vida, Ganesha era la más podrida. Le di vuelta a la casa y llamé a la puerta, ella se demoró en abrir y cuando por fin lo hizo vi que había sudado mucho, las túnicas anaranjadas se le pegaban a la piel por causa del sudor, le corrían los goterones por las mejillas y por el pecho.

—Vine a traerlo.

Se cubrió la cabeza con un pañuelo blanco que llevaba puesto por los hombros.

—La familia va a querer todos sus papeles —le dije—. Dios te libre de tocarlos.

Entre los dos sacamos el cadáver de la camioneta y lo colocamos encima de la cama. Le advertí a Ganesha que iría a buscar a un doctor para que averiguara de lo que se había muerto.

—Se murió de aquí —me dijo, tocando por encima de la tela mojada su botoncito rojo.

La mujer de Papá Crapaud y sus hijos, que ya eran hombres y tenían sus propias familias, vivían demasiado lejos para poder llegar a tiempo. Así que nos tocó a nosotros, a Ganesha y a mí, velarlo esa noche y decirle adiós al día siguiente. También vino uno de sus amigos de Port-au-Prince, que preparó en presencia mía y de Ganesha varias cajas con las ranas preservadas, los papeles y los dibujos de Papá Crapaud. La ropa la repartió entre todos, a mí me ofreció un par de zapatos, pero yo jamás me quedo con los zapatos de los difuntos, es malo verlos, imagínese lo que será calzarlos.

Hasta el amante de Ganesha, ese hombre de Léogane, recibió su regalo. Le dieron un par de pantalones y una camiseta casi nueva, y él los aceptó de buena gana, aunque luego preguntó si se podía quedar con los zapatos que yo había rechazado, lo dijo muy humilde, como si no hubiera robado ya bastante.

El médico se apareció y repitió la misma cosa que Ganesha: a Papá Crapaud se le había partido el corazón y probablemente lo había tenido enfermo durante muchos años. Eso también tienen los polvos, son invisibles a la ciencia, a la poca ciencia de los médicos, quiero decir. Divoine Joseph, que era tan vivo y tan ilustrado, hubiera descubierto a los culpables con sólo oler la cabeza del difunto.

Al amanecer salimos a enterrarlo. Nos acompañó el cura de la iglesia de Jérémie y un profesor de Cap-Haïtien que había llegado a última hora, era un mulato fino que se secó las lágrimas. Ganesha puso a quemar incienso y nos dio a todos un cucurucho con pétalos de flores para que echáramos sobre la caja. Mi hermano Jean-Pierre vino conmigo, y Carmelite, la hija de Frou-Frou, también se apareció vestida de negro y con el sombrerito de paja que era de su mamá. Se veía muy buena hembra y la invité para que terminado el entierro fuéramos a dar un paseo, pero ella dijo que no lo haría más en el monte, que cuando Jean-Pierre o yo quisiéramos pisarla, tendríamos que llevarla a nuestra propia cama y ya dejar que se quedara allí. Era una orden de su madre.

Estuve pensándolo y decidí que no me convenía.

Meterla en mi cama era como decirle a todos, a Frou-Frou y a mis hermanos —mi padre se había muerto hacía unos meses— que la aceptaba firme como mujer y madre de mis hijos. Y yo no la quería para tanto. Además, había hecho planes de mudarme a Port-au-Prince, muertos mi padre y mi segundo padre, que era Papá Crapaud, nada me retenía en Jérémie. O a lo mejor me retenía una sola cosa, algo que entonces yo no comprendía, era un secreto de mi corazón.

Me parece que a esas mismas horas, debajo de aquel sol del cementerio, a Jean-Pierre también le entraron ganas de abrazar a Carmelite, y ella le dijo lo mismo que me había dicho a mí. Pero mi hermano era muy poca cosa, o a lo mejor se trastornó con el olor de los difuntos, no sé, mordió el anzuelo y al día siguiente la muchacha amaneció en su cama, toda la familia lo celebró y Frou-Frou me llevó a un lado y me advirtió que desde ese momento no podía tocar a mi cuñada. Carmelite era ya mi cuñada. Tampoco Paul podría ponerle un dedo encima. El más pequeño de la camada de mi madre, que era un muchacho borrascoso, se acostumbró a pellizcarle las nalgas y abrazarla delante de todos, Carmelite luchaba por soltarse y él la apretaba fuerte y la besaba en la boca. Era como un juego, un juego peligroso porque Paul fue el único que no se resignó a perderla. Primero tuvo con ella una garata grande, una tarde le dio una buena tunda y ahí intervino Frou-Frou, intervino Jean-Pierre, todos gritamos aquel día. Carmelite lloró y Paul juró por nuestra madre muerta que se marcharía de la casa, pero nunca lo hizo.

Así que vea, todo eso se empezó a cuajar en el entierro de Papá Crapaud, y también otras cosas que usted no me creería. Cuando terminamos de echar los pétalos sobre la caja, Ganesha me pidió que fuera a vivir con ella y a mí me dieron ganas de escupirla. Miré al hombre de Léogane, que nos miraba desde lejos, trataba de adivinar lo que decíamos.

—No quiero que me roben —dije.

Ella se tiró a mis pies, se puso a llorar y a lamentarse.

—Vuelve a la Guadalupe. Ve a vivir con tu porquería.

Papá Crapaud quedó bien enterrado. La muerte siempre gana si Dios no se le opone. Nos retiramos cada cual por su lado y yo me fui con la conciencia limpia: le había cosido los labios al difunto y le amarré un cuchillo entre las manos, lo hice rápido para que el cura de Jérémie no se enterara. El cadáver de Papá Crapaud estaba a salvo: ni el hombre de Léogane ni sus compinches lo podrían espabilar; no le podrían robar los huesos; ni arrancar los dientes; ni arrebatarle el trozo de la piel que envuelve su pecado.

Al día siguiente me acerqué a la tumba y vi tierra revuelta. Sentí satisfacción de ver que mis sospechas eran buenas, un hombre se prueba siempre sobre las cenizas de otro, y yo probé lo mío con Papá Crapaud. Tomé un puñado de esa misma tierra y lo besé, lo pasé por mi cara y lo froté sobre mi cabeza. La tierra me cayó un poco en los ojos y se me metió en la boca. Algo de eso bajó por mi garganta y entonces me quedé en paz por dentro.

En paz quiere decir con el dolor puesto en su sitio.

Choza de indios

No viajamos a Jérémie esa semana, ni tampoco a la semana siguiente. Lo hicimos un martes, veinte días más tarde, después que me vio el médico recomendado por la embajada, un haitiano ya mayor, bajito y algo rudo, que palpó mis huesos y me auscultó durante mucho rato. También me sacó muestras de sangre y con los resultados en la mano vino a decirme que me daba el alta. La recuperación se prolongó más de lo que esperaba a causa de una cabeza de vena, era una especie de tumor verdusco a la altura de la rodilla, una bola tensa y dolorosa que se negó a bajar durante muchos días. Aproveché ese tiempo para buscar información sobre las especies que había mencionado Thierry. *Osteopilus dominicencis* era el nombre científico de una variedad de sapo bastante común en La Española. Podía ser blanco, por lo que lo llamaban *crapaud blanc*, o podía ser marrón, con lo que el nombre le cambiaba a *crapaud brun*. Lo que en Haití se conocía por *bilan* no era otra cosa que el *Diodon holacanthus*, uno de esos peces recubiertos de púas, también llamado pez guanábana. Y en cuanto al *crapaud du mer*, averigüé que era el *Sphoeroides testudineus*, la especie más venenosa de estos mares.

Una tarde me vino a visitar un hombre acompañado del gerente del hotel: dijo ser policía y me pidió detalles del ataque, si sospechaba de alguien o deseaba hacer una denuncia. Me pareció prudente decirle que no recordaba casi nada y que tampoco sospechaba de nadie. Agregué que lo único que deseaba era recuperarme para viajar a Jérémie, y de algún modo le dejé saber que ya no volvería al Mont des Enfants Perdus.

El hombre pareció satisfecho y prometió que la investigación continuaría y que me mantendrían al tanto; el gerente del hotel se conformó con inclinar la cabeza, era un mulato distinguido y susurrante, que no se quiso inmiscuir más de lo necesario. Cuando se fueron, decidí llamar a Martha. Había estado buscando el momento propicio, era víspera del Año Nuevo, una fecha que me intimida y que detesto a muerte, por eso me sentí con ánimos para pedir esa llamada. Tardaron más de un cuarto de hora en conectarme y cuando por fin oí su voz me ocurrió algo muy extraño, me desorienté por un instante y pregunté con quién hablaba, dijo muy discretamente «soy yo», me reconoció en el acto y tuvo la sangre fría de esperar y de guardar silencio. «Soy Víctor», le dije, forzando la voz. Ella no habló enseguida, se aclaró primero la garganta: «Eres un fantasma, ahora apareces».

Le conté lo del robo de las cartas y el informe para Vaughan Patterson, pero a medida que lo hacía, notaba que mis palabras se iban tornando un poco falsas, como si me estuviera inventando una excusa, una historia descabellada, algo que incluso a mí me resultaba duro de creer. No le mencioné lo de la golpiza, me hubiera gustado preocuparla, pero el episodio en su conjunto era humillante y en todo caso no estaba seguro del efecto que le iba a causar.

Martha estuvo un rato sin decir palabra, oyéndome supongo, y en algún momento interrumpió: «Escucha, tengo algo que decirte». Me tocaba enmudecer a mí, sentí además que aquella vena en la rodilla empezaba a latir, moví la pierna y el latido desapareció. «Te escribí una carta», prosiguió, «quiero saber dónde la envío.» Esperé unos segundos, pensé en pedirle que me dijera lo que fuera de una vez, que lo hiciera por teléfono, un único tajo rápido y preciso. En cambio le contesté que me alojaba en el hotel Oloffson, pero que en pocos días me marcharía a Jérémie; lo mejor era que me escribiera al cuidado de la embajada, le di la dirección y ella la repitió para que no quedaran dudas. Luego me dio varios mensajes que habían dejado mis colegas, Patterson también había llamado, estaba intentando localizarme, pero Martha poco lo podía ayudar: «Le dije que no sabía nada de ti». La conversación languideció en ese punto y terminó tan bruscamente como había empezado, sin felicitarnos por el nuevo año, ninguno de los dos lo quiso mencionar, hubiera sido demasiado. Al colgar, me invadió una especie de vergüenza o de coraje sordo, me arrepentí de no haberle preguntado lo que a todas luces debí preguntar. Un hombre, en estos casos, necesita saber ciertos detalles. Levanté el auricular para llamar de nuevo, pero lo colgué enseguida. Un hombre, en estos casos, necesita de todo su control.

Cuando al fin pude volver a caminar, Thierry ya había localizado al doctor Emile Boukaka, médico cirujano y herpetólogo por afición. Meses atrás, yo había leído uno de sus artículos sobre declinación de anfibios, lo publicó *Froglog* y era un trabajo breve, pero hice una ficha y me propuse escribirle. No podía imaginar entonces que tendría oportunidad de conocerlo en Port-au-Prince. A través de Thierry, recibí su tarjeta personal, cartulina gris con letras de un azul plomizo, lo llamé y acordamos una cita.

El día antes de partir hacia Jérémie, me presenté en el número setenta y siete de la Rue Victor Severe, que era una casa de ladrillo sin ningún rótulo a la vista. Tan sólo arriba, después de subir unos cuantos peldaños de cemento mal fraguado, cemento sin pulir que raspaba las suelas de los zapatos, había un letrero: EMILE BOUKAKA, CABINET. Oprimí el timbre y vino a abrirme una muchacha pulcra, me llevó directo a su mesita y ambos permanecimos de pie mientras ella buscaba mi nombre en una vieja libreta de citas. Luego pidió que me sentara. No había pacientes a esa hora, y como tampoco había revistas o periódicos a mano, me concentré en un letrero grande, sombreado de moho, que estaba colgado directamente enfrente de mí:

> Toad, that under cold stone
> Days and nights hast thirty-one
> Swelter'd venom sleeping got,
> Boil thou first i' the charmed pot.

Junto al letrero había una especie de pizarrón y muchas tarjetas postales clavadas sobre la superficie de corcho. Me acerqué para mirarlas, venían de todas partes, de Francia la mayoría, pero también de lugares inesperados, Bombay, por ejemplo, Nagazaki, Buenos Aires, incluso Bafatá. La muchacha me había dejado solo y por curiosidad me puse a desclavar algunas: se trataba de saludos y felicitaciones, o simplemente datos relacionados con la desaparición de algún anfibio. Una de las postales, sin embargo, me llamó la atención más que las otras: debajo de un cobertizo cocinaban tres mujeres indígenas, desnudas y en cuclillas; detrás de ellas, desnudo también, un anciano miraba de mala manera a la cámara. La postal parecía muy antigua y estaba coloreada a mano; en una esquina, impreso en letras muy pequeñas, podía leerse lo siguiente: «Choza de indios, Beni, Bolivia».

Del otro lado había unas cuantas líneas escritas en una mezcla de inglés y francés:

«*De Pérou, une photo de mes chers antropophagos. Kisses to Duval, is he stile in Port-au-Prince?*».

Al final había unas iniciales, firmaban *C.* y *Y.*

Busqué la fecha, pero no vi ninguna, volví a ponerla en su lugar y en ese instante me sobresaltó una voz de almendra, casi la voz de una mujer:

—Y bien, ¿dónde se están metiendo las dichosas ranas?

Pensé que Emile Boukaka era mulato, nadie me lo había dicho, pero lo imaginaba de otro modo: un mestizo alto, canoso, de espejuelos, más desgarbado, menos rechoncho y tropical. Boukaka llevaba una camisa verde con hibiscus y era negro con ganas, de una negrura intensa, le brillaba la piel de los brazos como a los africanos de nación. Tenía el cabello y la barba algo rojizos, y una enorme cara redonda y achatada, una cara de tortilla mexicana (¿o boliviana?), aporreada por las indígenas desnudas. Allí, en el círculo cuajado de ese rostro, quedaban como bailando la nariz, los ojos saltones, una boquita gruesa y medio retorcida.

—Nos vamos a quedar sin ellas —añadió—. Sé que usted busca a la *grenouille du sang.*

Sonreí y Boukaka me hizo seña de que lo siguiera. Me condujo a través de un pasillo lleno de fotografías nocturnas, reconocí algunas especies, eran anfibios en su mayoría amazónicos. Luego entramos en un cubículo pintado de amarillo, allí tenía otras fotos, me detuve frente a una imagen imponente, agigantada, púrpura: era el *Eleutherodactylus sanguineus.*

—Se van o se esconden —insistió—. O simplemente se dejan morir. Nada está claro, nadie quiere hablar.

—Yo sí —le dije—. Vine a hablar con usted.

Me mostró una copia del informe en que había estado trabajando durante muchos años. Sacó nuevas fotografías, abrió un armario y me enseñó quince o veinte ranas preservadas. La *grenouille du sang* no estaba entre ellas, aunque afirmó que la había visto muchas veces, siendo niño y aun más tarde, en su juventud había capturado alguna. Su padre, que también había sido médico y estudioso de los batracios, lo solía llevar al Mont des Enfants Perdus en sus expediciones. Pero eso había sido en otros tiempos, antes de que el lugar se convirtiera en el infierno en que se convirtió más tarde.

—Hoy a nadie se le ocurre meterse en ese monte —agregó.

—Se me ocurrió a mí —repuse, con algo de ironía—, y al guía que trabaja conmigo. Se llama Thierry Adrien y trabajó con Jasper Wilbur hace más de treinta años.

—Ese Thierry... —susurró Boukaka, sin llegar a terminar la frase—. A Wilbur no lo conocí, pero fue muy amigo de mi padre. Murió de repente y a mi padre le tocó ir a Jérémie a recoger sus cosas.

Estuve a punto de preguntarle si conocía las circunstancias en que había muerto Jasper Wilbur, pero decidí que no debía distraerle ni cambiar de tema. Le hablé entonces del monte Casetaches, discutimos un buen rato sobre la posibilidad de que encontrara allí al *Eleutherodactylus sanguineus*, apenas un puñado de individuos, me conformaba con una sola rana que me sirviera para cumplir con Vaughan Patterson. Boukaka negaba con la cabeza y yo intentaba convencerlo. Del sapo de Wyoming, por ejemplo, se dijo que había desaparecido. El doctor Baxter, que lo descubrió, fue el primero en dar la voz de alarma y luego, en el ochenta y tres, sus ayudantes admitieron que no había nada que hacer, ni otro rincón donde buscar. Yo mismo lo había incluido en mi archivo de especies extintas. Lo tuve allí hasta el verano del ochenta y siete: por esas fechas, un pescador lo vio en una laguna al sur de Laramie. Bien es verdad que era tan sólo una colonia y no llegaban, creo, ni a cien. Pero era el *Bufo hemiophyrs*, no cabía duda, la criatura favorita de Baxter. Contaban que el hombre había llorado cuando lo vio otra vez.

—¿Sabe lo que dicen los campesinos de la Isla de la Gonave?

Boukaka dio una vuelta por la habitación y se detuvo justo detrás de mí, se me hacía difícil oír y aceptar aquella voz, un hilo agudo y musical, sin poder mirarle la cara.

—Dicen que Agwé Taroyo, el dios de las aguas, ha llamado a las ranas para que se vayan por un tiempo al fondo. Dicen que las han visto partir: animales de agua dulce metiéndose de cabeza en el mar, y las que no tienen tiempo ni fuerzas para llegar al lugar de la reunión, cavan huecos en la tierra para esconderse, o se dejan morir por el camino.

Boukaka reapareció con una pipa entre los labios, la pipa estaba apagada, se sentó de nuevo frente a su escritorio y empezó a meterle picadura.

—Parece absurdo, ¿no?... Pues unos pescadores de Corail, que andaban tirando redes cerca de la Petit Cayemite, informaron que habían sacado del agua cientos de ranas muertas, y que luego se acercaron a la playa, una playita rocosa que hay en la isla, y encontraron a los pájaros devorando miles de ranas más. Eso fue hace dos semanas.

El aroma era muy fuerte, de canela mezclado con algún otro efluvio que no pude identificar: acaso anís, acaso menta, tuve la corazonada de que tal vez era eucalipto.

—¿Sabe lo que dice una canción vudú que cantan para saludar a Damballah Wedó?

Negué con la cabeza, pensé que la voz de almendra

de Boukaka era una voz cantora. No le iba con su cara, ni con su panza de chófer de autobús, ni con la barba de tres pelos, una barba raquítica que de seguro ya le había dejado de crecer.

—Damballah es una deidad callada, el único dios mudo del panteón. La canción dice así: «Dale, sapo, tu voz a la serpiente, las ranas te mostrarán la ruta de la luna, cuando Damballah quiera, comenzará la gran huida».

Boukaka bajó la cabeza, parecía exhausto, a mí mismo me empezaba a marear el olor que provenía de su pipa.

—Ya empezó la gran huida —recalcó—. Ustedes se inventan excusas: la lluvia ácida, los herbicidas, la deforestación. Pero las ranas desaparecen de lugares donde no ha habido nada de eso.

Me pregunté a quién se refería cuando decía «ustedes». Ustedes, los herpetólogos profesionales. O ustedes, los biólogos que celebraban sus congresos en Canterbury, en Nashville, en Brasilia; los celebraban a puertas cerradas y salían de allí más perplejos de lo que habían entrado. Ustedes, en fin, gente atemorizada, quisquillosa, incapaz de mirar el lado oscuro, insumiso, seguramente atemporal de las declinaciones.

—No tengo excusas —le dije—. Nadie sabe lo que pasa.

Todavía estuvimos un buen rato hablando sobre otras especies, hice un esfuerzo por manejar con naturalidad la enorme cantidad de datos de que me proveía Boukaka. Me asombró su capacidad para el detalle, su precisión, puedo decir que su sabiduría. Al despedirse me estrechó la mano; estuve a punto de decirle que se me parecía a un músico famoso, le había estado dando vueltas al parecido y en una de ésas lo miré a los ojos y decidí que era clavado a Theolonius Monk. No venía al caso, pero recordé esa composición poco escuchada de Theolonius: «*See you later, beautiful frog*».

—Lo que he aprendido lo aprendí en los libros —recalcó Boukaka desde la puerta—. Pero lo que sé, todo lo que sé, lo saqué del fuego y del agua, del agua y la candela: una apaga a la otra.

Aquel nublado martes de mediados de enero, cuando por fin salimos hacia Jérémie, aún no había recibido la carta prometida por Martha, pero ya no tenía ninguna duda de lo que me diría en ella.

Thierry iba conduciendo y contándome una historia de amor, llevaba los dedos crispados sobre el volante y la vista fija en la carretera, que era poco menos que un trillo espantable y lleno de hoyos. Hablaba en un tono muy dulce, ni siquiera se veía tan viejo. De repente dijo algo que me impresionó: un hombre nunca sabe cuándo empieza la pena que le durará por siempre. Lo miré y vi que había una lágrima bajándole por la mejilla.

—Ni la pena ni la alegría —le comenté bajito—. Un hombre nunca sabe nada, Thierry, ése es su espanto.

Estudios realizados desde agosto de 1989 indican que tres especies de ranas del tipo *Eleutherodactylus* han desaparecido de los bosques tropicales de Puerto Rico.

Eleutherodactylus jasperi (coquí dorado), *Eleutherodactylus karlschmidti* (coquí palmeado) y *Eleutherodactylus eneidae* (coquí de Eneida) se consideran extintas.

Eleutherodactylus locustus (coquí duende) y *Eleutherodactylus richmondi* (coquí de Richmond) se encuentran en grave peligro de extinción.

Julien

Ese secreto de mi corazón se reveló la misma noche en que anuncié que me mudaba a Port-au-Prince.

A mi hermano Jean Pierre lo vi muy apenado, dijo que de no haber sido por Carmelite y por el hijo que les venía en camino, se hubiera ido conmigo. Mi hermano Paul llevaba muchos meses trastornado, pensé que apenas le importaba que me fuera, ya no discutía con Carmelite y ni siquiera la miraba, a ella se le empezó a notar la tripa y él se tragó su bilis. La tripa de una mujer ajena es siempre como un pedazo de otro.

Llegado a los trece o los catorce años, Julien, aquel hijo que mi padre había tenido con Frou-Frou, dejó de jugar a los «*macoutes* perdidos» para juntarse con los *macoutes* de carne y hueso y convertirse en uno de ellos. Como aparentaba más edad de la que en realidad tenía, mintió para poder entrar en el ejército. Llegaba a la casa pasada la medianoche y se levantaba al amanecer, no hablaba mucho con su madre, hablaba un poco con Carmelite, su medio hermana, y casi nada con su medio hermano Jean Pierre. A lo mejor por eso era como un extraño, medio hermano de todos, medio hijo de su propia madre, porque fue la mía quien lo crió.

Frou-Frou quiso saber cuándo pensaba dejarlos y le contesté que en tres o cuatro días. Se ofreció para lavarme la ropa y de paso preguntó si la mujer de Papá Crapaud también se iba conmigo. Jean Pierre me dio un

139

codazo, Carmelite se echó a reír y Paul me miró con mucho azoro, esperando quién sabe qué respuesta.

—No me gustan las mujeres de los amigos —dije—. Y menos ésa, que es una mala culebra.

Parece que Frou-Frou no me creyó del todo. Mi padre le había contado lo de la enfermedad que me curó Divoine Joseph, todos supieron que me había enfermado a causa de Ganesha. Jean Pierre me pegó otro codazo y dijo que en Port-au-Prince me cansaría de pisar, que lo que se sobraba por allá eran las mujeres. Frou-Frou le recordó que estábamos comiendo y que las cochinadas se hablaban en la calle, entonces volvió a ofrecerse para lavar mi ropa, me acordé en ese momento de la mochila que ella me preparó la noche en que mi padre me mandó a buscar a la mujer del Casetaches. Cuando volví del monte, también lavó mi ropa; limpió mis zapatos, manchados de sangre; cosió mi camisa, la lavó primero y la cosió después, traía pegado ese sudor amargo que es el sudor del miedo. Miré a Frou-Frou y por primera vez la vi como lo que había sido: una buena mujer.

Esa noche Julien llegó más temprano que de costumbre y dijo que al día siguiente se lo llevaban para Gonaïves y que tenía que preparar un bulto con sus cosas. Nadie se atrevió a preguntarle quién se lo llevaba tan lejos, ni qué era lo que iba a hacer por allá. Julien, siendo el más joven de la casa, parecía ser el jefe de todos nosotros, me recordaba mucho a mi padre cuando llegaba de sus cacerías, se le quitaban a uno las ganas de decirle nada. Después supe que también Frou-Frou, con ser su madre, le tenía mucha desconfianza, nunca lo conoció por dentro, y eso siempre da miedo.

Cuando la casa se quedó en silencio y todos se acostaron, llevé mi ropa sucia al cuarto de Frou-Frou. Ella estaba preparando una mochila con la ropa de Julien y yo me quedé allí, mirándola doblar dos o tres mudas.

No le ponía amor a su trabajo, se lo vi en el gesto, estaba muy cansada o a lo mejor muy triste, de pronto levantó la cabeza y le gritó a Julien que dónde había metido sus pañuelos. Julien compartía con Paul un cuarto que quedaba al lado, separado por tabiques, mi padre fue quien puso esos tabiques cuando Frou-Frou vino a vivir a casa.

Debía de estar dormido, porque no contestó. Frou-Frou se encogió de hombros y luego cerró la mochila y la dejó en el suelo. Yo estaba detrás de ella, con toda mi ropa entre los brazos, y cuando la vi inclinarse me acordé de otra cosa, me acordé de las veces que la vi bailando en los banquetes que organizaba Yoyotte Placide. La última vez que había bailado se le escurrió la blusa, fue cuando las demás mujeres vinieron a cubrirla y ella se tiró al suelo y el vientre le empezó a saltar, como si tuviera dentro un animal pequeño. Jean Pierre y yo, que para aquélla teníamos como nueve años, estuvimos mucho tiempo hablando de los pechos de Frou-Frou, de la manera en que se le habían salido. Después a mí se me olvidaron, hasta esa noche en que los recordé de pronto, ella cogió la ropa sucia de mis brazos y la tiró encima de la cama. Allí la ropa se desparramó y empezó a separarla por colores, las camisas de colores vivos las apartaba de las camisas blancas. De nuevo me estaba dando la espalda, a lo mejor pensó que me había ido, me acerqué sin hacer ruido y entonces tuvo que darse cuenta de que me había quedado, porque me pegué a ella y ella no se movió, la abracé como si quisiera trozarle la cintura y la besé en el cuello. Frou-Frou pidió que la dejara, lo dijo bajito para que Julien y Paul no nos oyeran; muy bajito, para que yo no la dejara de verdad. Sentí que se aflojaba, le di vuelta y la besé en la boca, la tiré encima de la cama y le susurré que me acordaba de sus pechos, ella se levantó y se abrió la blusa, trepó sobre mi cuerpo y se cogió los pechos, me los mostró en sus manos. Eran los pechos del banquete, los mismos que se le destaparon en el baile y que sus primas corrieron a tapar, los que provocaron la furia de mi madre y la cara tan apesadumbrada que se le quedó a Yoyotte Placide.

Ese era el gran secreto de mi corazón, lo supe tan pronto como Frou-Frou sacó sus manos y yo puse las mías, suspiré tan alto que me mandó callar, en aquella casa siempre se estaba oyendo todo: los suspiros de mi padre cuando retozaba con mi madre; los suspiros de mi padre cuando retozaba con Frou-Frou; últimamente se oían los suspiros de Jean Pierre cuando retozaba con Carmelite —también los oía Paul, a él más que a nadie lo atormentaban esos suspiros.

De las mujeres nunca se oyó nada. Ni siquiera esa noche, ni siquiera por haber estado Frou-Frou tan falta de varón. Cerró la boca y ya no la volvió a abrir más que para besarme, o para dejarse besar.

Terminamos muy tarde y Frou-Frou no volvió a pedir que la dejara. Se durmió un poco y me quedé a su lado, pensando en lo extraño que era el mundo, pensando en lo que hubiera pensado mi padre si me llega a ver allí, sobre su propia cama, gozando a la madre de su hijo, el último de su camada.

Cuando estaba a punto de amanecer, pero aún era de noche, desperté a Frou-Frou. Ella refunfuñó y me abrió los brazos, no hay nada en este mundo para un hombre como pisar a una mujer dormida. O medio dormida. No sé con qué soñaba, pero esta vez fue ella la que suspiró tan fuerte que le tapé la boca. Se la tapaba y se la destapaba, en una de esas me mordió la mano, me la mordió entre sueños y suspiró más fuerte, creo que gritó. Pensé en rezar para pedir que nadie nos oyera, pero no se reza cuando uno está desnudo, y menos cuando se está dentro del vientre de una mujer.

Luego nos quedamos quietos, ya no me podía dormir y estaba queriendo levantarme cuando entró Julien. Vino a recoger su mochila y se detuvo frente a la cama, traía una lámpara y con esa lámpara me alumbró la cara, la puso entre los dos y nos miramos. Era idéntico a mi padre, olía parecido, tenía la misma boca, esa boca que apenas abría para hablar. No dijo nada, bajó la lámpara y cogió su bulto, Frou-Frou estaba rendida y nunca se enteró de que aquel hijo nos había visto desnudos y abrazados, bien enredados en mi ropa sucia, las camisas de color mezcladas con las camisas blancas.

Delante de Jean Pierre y Carmelite, y delante de mi hermano Paul, seguimos disimulando. Una noche, sentados a la mesa, dije que me quedaría otras dos semanas para esperar por un amigo que también quería mudarse a Port-au-Prince. Todas las noches, cuando la casa se quedaba a oscuras, salía corriendo hacia la cama de Frou-Frou, y si llegaba tarde ella me reclamaba, o se hacía la dormida, sabía que me gustaba despertarla.

Por esos mismos días vino a Jérémie nuestro hermano Etienne; iba camino de La Cahouane, en busca de madera para la carpintería de su suegro. Comió con nosotros, hizo bromas con la tripa de Carmelite y trató de convencer a Paul para que lo acompañara, quería que fuera con él a La Cahouane y luego hasta Coteaux. Le ofreció trabajo en la carpintería y Paul dijo que sí.

A mí me preguntó en qué iba a trabajar en Port-au-Prince, le respondí que en lo que apareciera, entonces él me echó un brazo por los hombros y como si lo supiera todo, comentó que no debía llevarme a Frou-Frou hasta que consiguiera un buen trabajo. Le dije que Frou-Frou no iba conmigo, lo dije mirando hacia otra parte, Etienne se calló y no volvió a tocar el tema. Pero por mucho tiempo me quedé dándole vueltas a la idea, ni siquiera la comenté con Frou-Frou, con ella apenas hablaba de mis cosas y si lo hacía, tenía que ser bajito, de madrugada, o cuando nos quedábamos solos, cosa que no pasaba casi nunca porque Carmelite siempre estaba en el medio, quejándose del peso de su tripa, quejándose de Jean Pierre, su marido, y de todos nosotros. Al irse Paul todavía se puso más quejosa, ya no tenía a quien provocar.

A Frou-Frou y a mí nos convino que el más pequeño de la camada de mi madre se fuera con Etienne, sin Julien y sin Paul del otro lado del tabique, podíamos hablar en la cama y suspirar sin temor de que ellos nos oyeran. Empecé a quedarme hasta por la mañana y un día entró Carmelite y nos vio juntos, yo dormía abrazado a su madre y ella la despertó para pedirle no sé qué remedio. Frou-Frou apartó mi brazo para poder levantarse y ayudarla, pero luego regresó a la cama y volvió a poner mi brazo donde estaba, eso quería decir que ya no le importaba que su hija nos viera. También quería decir otra cosa: el hecho de que amaneciera a su lado y todo el mundo lo supiera me obligaba a tomarla definitivamente por mujer. Me asusté y me quedé muy tieso en esa cama, y Frou-Frou se puso muy sumisa porque sabía lo que yo estaba pensando, se pegó a mí y nos levantamos tarde.

Cuando volvió Julien se encontró con que su medio hermano Paul se había marchado a Coteaux, pero su medio hermano Thierry estaba todavía en la casa, viviendo abiertamente con su madre.

—No te has ido a Port-au-Prince —me dijo.

Le habían dado un par de días de licencia y se pasó ese tiempo metido en su guarida, fumando mucho y bebiendo sus buenas botellas, evitando comer con la familia. Una tarde lo fueron a buscar dos hombres, salieron de la casa para hablar, Julien se había vuelto misterioso, yo lo notaba más crecido.

Tres o cuatro días después nos enteramos de la matanza. En Gonaïves habían aparecido treinta y dos cadáveres en una tumba que había sido mal abierta y peor cerrada. Vieron a los perros llevando los pedazos y los siguieron hasta que se toparon con la maraña de brazos y cabezas. Siete de los treinta y dos eran mujeres, y dos tenían barriga.

—Julien está metido en esto —dijo Frou-Frou.

Pero nunca se atrevió a preguntarle. Luego a Jean Pierre en su trabajo le dijeron que los *macoutes* que habían matado a tanta gente en Gonaïves habían salido de Jérémie, y que después se habían pasado un tiempo en Port-de-Paix, buscando a otras personas que también debían matar, pero que no encontraron.

Como se me estaba acabando el dinero que había ganado con Papá Crapaud, Jean Pierre me consiguió un trabajo en el mismo almacén donde él llevaba tantos años. Era un trabajo de chófer, salía temprano y recogía la mercancía en esos pueblos de la costa, me dieron una camioneta y por las noches, después de descargar los bultos, llevaba la camioneta a casa para salir al otro día. El dueño del almacén sabía que mi casa era también la casa de Jean Pierre y por eso me tenía confianza.

Una mañana salí hacia Cayes, allá debía esperar por un embarque que llegaría por mar desde Jacmel. El embarque se retrasó unas cuantas horas y cuando me tocó volver a Jérémie era casi medianoche, Jean Pierre se quedó esperándome en el almacén para ayudarme a descargar los bultos y luego regresamos juntos a la casa. Fue cerca de la casa donde nos detuvieron, dos hombres de uniforme nos hicieron señas para que bajáramos. Lo hicimos casi al mismo tiempo, Jean Pierre por una puerta y yo por otra; empezaba a sacar mis papeles cuando sentí que me agarraban por detrás, a Jean Pierre también lo agarraron, pero lo metieron de nuevo en la camioneta y

145

le prohibieron salir. A mí me llevaron aparte, me arrinconaron junto a un árbol, de frente a un descampado y me golpearon, me patearon la cabeza y me patearon los huevos. ¿Sabe lo que siente un hombre cuando lo patean allí? Allí es que está su dignidad, eso al menos pensaba Papá Crapaud.

Cuando se cansaron, me dejaron tirado sobre un montón de piedras, prendieron cigarrillos y se fueron en un *jeep*. Entonces Jean Pierre vino a ayudarme, recogió aquella piltrafa que había quedado de su hermano, la metió en la camioneta como si fuera un bulto, como el marido había metido a la mujer que yo bajé del Casetaches, y al llegar a la casa llamó a Frou-Frou para que lo ayudara.

Me encontraba muy atontado para hablar y fue Jean Pierre quien le contó lo que me había pasado. Sentí apenas que me desnudaban y que me daban un baño con alcohol, que me ponían fomentos fríos y calientes, que me daban un cocimiento espeso que sabía a tabaco. Alguien que resultó ser Carmelite se compadeció y me puso bolsas de hielo entre las piernas.

A la mañana siguiente desperté peor. Todos los dolores estaban trastocados, todos latían al mismo tiempo y en lugares diferentes, la cabeza me daba vueltas, pero con más razón me levanté a la hora de siempre. Llegué a la mesa arrastrando los pies y me dejé caer sobre una silla. Jean Pierre y Carmelite no se sentaron, se pararon frente a mí para mirar mi cara, debía de ser la cara de un fantasma. Frou-Frou sí se sentó, pero en una que levanté la vista vi que no me miraba, tenía la vista fija en la pared, miraba a ese lugar como si viera allí su vida entera, tenía los ojos muy hinchados, como de haber llorado, hinchados pero secos, ya no lloraba más.

En eso estábamos los cuatro cuando llegó Julien. No había dormido en casa, nadie me lo dijo pero se lo noté en la ropa, no traía uniforme y su camisa estaba sucia y estrujada. Fue derecho a su madriguera, regresó sin camisa y se sentó a la mesa. Frou-Frou se levantó, trajo un café y se lo puso al frente, pero se quedó de pie al lado de su hijo. Cuando Julien levantó la taza para mojarse los labios, Frou-Frou le pegó un puñetazo, se lo pegó en el rostro y la taza salió disparada, él la miró asombrado, quizá con susto, por primera vez en toda su vida le vi una mirada de niño, pero no atinó a cubrirse, no se le ocurrió que su madre le iba a seguir pegando, y por eso el segundo puñetazo lo sacó de la silla, y el tercero lo derribó en el suelo. Allí Frou-Frou se le fue encima, le arañaba y le machucaba el rostro, se lo machucó tanto que a ella se le tiñeron los puños de sangre, de la sangre de Julien. Yo no tenía fuerzas para moverme, y creo que Jean Pierre y Carmelite tampoco las tenían, con el mismo horror con que un rato antes habían mirado mi cara de fantasma, se quedaron viendo cómo Frou-Frou se volvía loca.

Ella se levantó y fue a la cocina, Julien se quedó tirado bocarriba, no se quejaba, sólo hacía unos ruidos con la garganta, dejó de hacerlos cuando Carmelite empezó a gritar, o fue que los gritos de Carmelite taparon los ruidos de la garganta de Julien. La cabeza me ardía y no podía pararme de la silla, pero vi la mano de Frou-Frou, trajo un cuchillo en esa mano y lo sostuvo en alto, volvió a lanzarse sobre su propio hijo y de no haber sido por Jean Pierre, que la agarró en el último minuto, lo habría matado.

El cuchillo cayó y Carmelite tuvo la sangre fría de recogerlo y de ponerlo sobre la mesa, junto a mi taza de café. Algunos vecinos vinieron al escuchar los gritos y una mujer que vivía al lado se llevó a Frou-Frou. Carmelite se fue con ellas y nos quedamos los tres hombres en la casa, dos hermanos de sangre, que éramos Jean

Pierre y yo, y un medio hermano, su media sangre salpicando el suelo.

Jean Pierre lo ayudó a levantarse y Julien volvió a su guarida, estuvo un rato allá dentro y salió cargando con el mismo bulto que Frou-Frou le había preparado para su viaje a Gonaïves. Todavía estaba sin camisa, pero se había puesto sus botas militares, llevaba los cordones sueltos, por eso quizás arrastraba un poco los pies. Al pasar no nos miró ni dijo una palabra, dejó la puerta abierta y salió al mundo.

Frou-Frou no regresó hasta muy tarde, Carmelite la trajo y la llevó derecho a su cuarto. Esa noche más que nunca me sentí obligado a ir a dormir con ella, me le acerqué en silencio y le cogí una mano, pero ninguno de los dos durmió. Ella estuvo llorando hasta la madrugada y a mí me dolía la entrepierna, me ardía la boca, en la golpiza había perdido dos o tres dientes. Me dolía el recuerdo de mi padre.

No se volvió a hablar de Julien hasta pasado un mes, o mes y medio, un día que Frou-Frou estaba sirviendo sopa de pescado:

—Hoy tu hermano cumple quince años —le dijo a Carmelite.

Todavía me acuerdo de aquella sopa, tenía sus buenos trozos de carne blanca y las cabezas en el fondo. Las cabezas de los pescados de la sopa siempre parece que se están riendo.

Pereskia quisqueyana

Colgado de un árbol de mango, a la entrada del pueblo de Jérémie, apareció un cadáver sin rostro. Fue el mismo día que llegamos, a la caída de la tarde: la gente se arremolinaba en la calle y Thierry barruntó que se trataba de un muerto, tal vez más de uno, ahora casi nadie moría solo, no en Haití, no en esta tierra desolada.

Bajamos del auto y lo que en principio me pareció que era la parte de atrás de la cabeza, resultó ser el rostro, le habían cortado la nariz y sacado la piel que va desde la frente hasta el mentón. El infeliz conservaba la camisa —de la cintura para abajo estaba desnudo— y las moscas se ensañaban alrededor del cuello.

Escuché decir a Thierry que desde hacía algún tiempo desfiguraban de ese modo a los cadáveres, así no se podía saber quién había sido en vida, o cuando se venía a saber ya era muy tarde. Recordó que siendo niño, una mañana que salió con Paul a buscar leña, se tropezó con algo parecido. O mejor dicho, Paul vino a avisarle que había encontrado un árbol que en lugar de dar su fruta daba zapatos viejos. Fueron los dos a ver aquel prodigio, era verdad que había zapatos, asomaban las puntas negras por entre las ramas torcidas, pero a continuación había unas piernas y unos cuerpos destrozados. Tapó los ojos de su hermano para que no viera el resto: las caras rotas y desconocidas, sin la nariz y sin su funda.

En la casa donde vivió Thierry, una casita de madera

151

remendada y vuelta a remendar, ya sólo vivían Carmelite y su hija Mireille. Carmelite estaba separada de Jean Pierre desde hacía más de veinte años, su cuñado Paul había vivido con ella largo tiempo, pero también se había marchado. Ahora Paul vivía solo, aunque casi todas las noches venía a comer con Carmelite, Mireille cocinaba para su tío y para su propia madre, que estaba casi ciega. No pregunté qué había sido de Frou-Frou. Al ver a la hija tan avejentada, supuse que la madre estaría muerta. Y así fue, Thierry tomó una foto de encima de una mesa y me la puso entre las manos: era la foto medio borrosa de una mujer muy seria, con los labios demasiado gruesos y unas cejas finitas, depiladas en arco. Tenía la frente ancha y los pómulos altos, tan altos que le achicaban la mirada. Para la foto se había puesto un sombrerito con flores y probablemente se había pintado los labios, aunque esto último no era seguro, la foto era en blanco y negro, y aquellos labios resultaban conspicuos con pintura o sin ella.

—Murió hace cuatro años —dijo Thierry—. Andaba un poco desquiciada, me veía y preguntaba cómo estaba Claudine, cómo estaban los niños. Me confundía con mi padre.

Puso la foto en su lugar, la miró unos segundos y enseguida fue al interior de la casa y reapareció con otras dos fotografías.

—Este es el hijo de Etienne —dijo, tendiéndome la primera—. Se ha convertido en religioso. Y ésta de aquí es mi hermana Yoyotte —me tendió la segunda foto—. La que está al lado es su hija, todavía viven en Bombardopolis.

El hijo de Etienne no había querido mirar hacia la cámara, estaba de perfil, la foto era pequeña pero se le veía parte de la camisa blanca y una corbata oscura, seguramente negra. Yoyotte era una mujer menuda, distinta a todo lo que imaginé, parecía una viejecita, pero era un año menor que Thierry. La hija, en cambio, era una joven alta y gruesa, con el pelo corto y erizado, para la foto echó una carcajada, le había puesto un brazo por encima a su pequeña madre y había inclinado un poco la cabeza, hasta juntar el puercoespín de su cabello con las mechas grises que tenía la otra.

Aquella noche dormí en lo que había sido el cuarto de Frou-Frou, Thierry golpeó con los nudillos el tabique, dijo que ya dos veces había cogido comején y mencionó que del otro lado solían dormir Julien y Paul cuando eran niños y hasta que se hicieron hombres. Ahora al otro lado había una mesa con retazos y cortes de tela, una máquina de coser bastante antigua y una silla. Mireille se ganaba la vida cosiendo, según Thierry, era la mejor modista de Jérémie, hacía trajes de boda, pero ya no tanto. También cosía vestidos de primera comunión, eso cada vez menos. La llamaban para vestir santos, vestía a todos los santos de la iglesia de Jérémie. Pasaban años antes de que los volviera a vestir.

Paul no fue a cenar aquella noche, pero se apareció a desayunar al día siguiente, casi al amanecer, cuando terminábamos de preparar los bultos que subiríamos en la primera expedición al Casetaches. Era un hombre todavía joven y robusto, que bien mirado parecía el hijo de Thierry, aunque no se llevaran ni diez años. Después de los saludos, se sentó a vernos trabajar, Mireille le sirvió café y él tuvo una frase cariñosa para ella, no entendí bien lo que le dijo, pero noté que la miraba con ternura, una mirada elemental de padre. Luego volvió con nosotros, le mencionó a Thierry la existencia de nuevos senderos por donde se nos haría más fácil subir a la montaña. Hizo una pausa, bebió de un sorbo todo su café y comentó, casi por azar, que en el Casetaches ya había dos extranjeros que buscaban ranas.

153

Thierry alzó la cabeza, llevaba un rato acuclillado junto a las mochilas, lo dejó todo y se acercó a su hermano. También dejé la lámpara que estaba revisando y me acerqué enseguida a Paul, sólo entonces se dio cuenta de que había dicho algo muy grave.

—A lo mejor no buscan ranas, pero alguna rana los han visto coger. Y también agarran pájaros y murciélagos. Son una mujer y un hombre, y el guía que los acompaña.

Hizo una pausa, volvió a empinar la taza y se llevó un disgusto: sólo quedaba una zurrapa amarga.

—Lo que más recogen son matojos —prosiguió—, matojos con espinas, mientras más espinas tengan, más rápido se los llevan. La mujer tiene una cámara y retrata la mata antes de arrancarla.

Botánicos, sin duda. Thierry le preguntó a su hermano dónde hacían noche aquellos extranjeros.

—Cuando no están en la montaña, se quedan en Marfranc. La pareja duerme por allí, pero no el guía. El guía no sé ni dónde duerme. Sé que se llama Luc y es haitiano de Port-au-Prince o de otro sitio, pero no de Jérémie.

Marfranc era un villorrio que se hallaba casi al pie del Casetaches, en realidad era el último lugar poblado que hallaríamos antes de subir al monte. Allí planeábamos dejar nuestro vehículo, el Renault rojo tomate que traíamos desde Port-au-Prince, dentro del auto quedaba parte del equipo fotográfico y varias cajas de conserva, una familia conocida de Thierry se encargaría de cuidarlo. El plan era abastecernos poco a poco, ir y venir en busca de agua y de alimentos. Decidí que la primera expedición sería más bien de reconocimiento; de búsqueda y demarcación de zonas para peinar después con más cautela.

Al mediodía llegamos a Marfranc. La pareja que supuse de botánicos no estaba allí, habían subido al Casetaches desde la noche anterior y nadie esperaba que bajaran en tres o cuatro días. Nos acercamos a la choza que habían alquilado, estaba cerrada, pero descubrimos decenas de tiestos dispersos por los alrededores, predominaban los cactus y las suculentas, además de otras especies sembradas sobre rocas. Los vecinos se valieron de esas plantas para explicarnos que el interior de la choza también estaba lleno de ellas.

El ascenso a la montaña fue más fácil de lo que esperaba gracias a los senderos que aconsejó el hermano de Thierry. Trabajamos esa tarde y todo el día siguiente señalizando el campo y fotografiando cuevas y regajos, pequeñas charcas y depresiones diminutas en el corazón del monte, cuencas forradas de bromelias, que es el hábitat perfecto de la rana. Al tercer día, mientras colocábamos banderines en los alrededores de una hoya donde un anciano de Marfranc recordaba haber visto, mucho tiempo atrás, a la *grenouille du sang*, sentimos ruidos y casi enseguida el murmullo de unas voces. Avanzamos un poco hacia la izquierda y divisamos primero a la mujer, prácticamente encima de nosotros, luego vimos al hombre, y enseguida apareció el haitiano que los acompañaba, un negro fornido que nos echó una mirada de guerra. Saludamos y nos presentamos. Uno de los botánicos, el hombre, era francés y se llamaba Edouard; la mujer era de Iowa, y se llamaba Sarah. Ambos trabajaban para el Jardín Botánico de Nueva York y confirmaron que estaban recogiendo cactus, aunque el francés se concentraba en polinización, de ahí que lo vieran capturando insectos, pájaros y murciélagos, pero ninguna rana: pudo haber sido otro animal confundido por el hermano de Thierry.

Quedamos en reunirnos al día siguiente en la choza de Marfranc. Les informé que estaba tras la pista de un anfibio, pero no mencioné la especie, comentaron que anfibios habían visto pocos, únicamente algunos sapos cerca de la cañada que estaba en la ladera norte. La mujer se disculpó por no poder seguir hablando y fue a escarbar la tierra, Thierry se le acercó y los vi intercambiar unas palabras.

Esa noche, poco antes de acostarnos, escuchamos la radio. Hablaron del cadáver desfigurado que habíamos visto a la entrada de Jérémie: se sospechaba que fuera el de un maestro que había estado cinco o seis días desaparecido. Además de la mutilación del rostro, al cadáver le faltaba un dedo, el dedo índice de la mano izquierda. Thierry aseguró que aunque no lo dijeran por la radio, la falta de aquel dedo era como un mensaje.

—Ya la gente de Jérémie sabe quién lo mató, y también por qué lo mataron.

Recordé que en el rancho de mi padre trabajaba un hombre al que le faltaban un par de dedos, era un vietnamita llamado Vu Dinh, pero mi padre lo llamaba Dino. Se encargaba del cuidado de los polluelos, era el único trabajo que había tenido nunca, más de diez años llevaba con los avestruces. Los pájaros al nacer eran muy frágiles y se morían de casi cualquier cosa, a veces salían del cascarón y se negaban a comer durante tres o cuatro días, algunos no aprendían a comer jamás; otros se atoraban, reventaban de tanto picotear la arena. El resto de las muertes sobrevenía por pulmonía. Mi padre aseguraba que en su rancho se morían menos polluelos que en ningún otro criadero del país, nunca supe si era cierto. El éxito completo era del vietnamita, lo felicitaba a menudo y le daba palmaditas en la espalda.

—¿Se acuerda de lo que le dije de mi hermano Julien? —a la vez que hablaba, Thierry iba masticando una pequeña bola de tabaco—. Ese también dejaba su mensajito, su propia marca encima del difunto.

Vu Dinh, o Dino, tenía una extraña relación, siempre supuse que amorosa, con la mujer que se ocupaba de las incubadoras. Era una rubia corpulenta que caminaba con las nalgas apretadas, como si sólo de ese modo controlara el rumbo de su cuerpo. Estuve presente una tarde en que ella le entregó a Vu Dinh una caja repleta de avestruces recién nacidos, le informó de paso que uno de los polluelos estaba cojo y le dio el número, nada más salir del cascarón ella les colocaba una plaquita con el número, él lo repitió en voz baja, lo siguió repitiendo mientras lo buscaba, y por fin extrajo al animal: le examinó las patas, le sopló el pico, y pasó los únicos tres dedos de su mano defectuosa sobre el plumón amarillo. Sin pensarlo dos veces, le torció el pescuezo.

—La mujer de esta mañana —susurró Thierry—, también estaba buscando marcas, pero en la tierra. Busca un matojo que se levanta sobre sus dos patas cuando llueve. Con la seca se esconde, como si fuera un bicho, vuelve a doblar las patas y desaparece.

Mi madre insistía en que la rubia corpulenta era la amante de mi padre. Me lo dijo muchas veces, hasta que un día le conté mis sospechas de que en realidad era amante de Vu Dinh. Recuerdo que se echó a reír: «¿De Dino? ¿Es que acaso no sabes que al chinito no le gustan las mujeres? ¿Es que tu padre no te lo había dicho?». Luego agregó esa frase: «Serás el único que no lo sabe, el marido es siempre el último que se entera». Me fue difícil encajar el golpe, estaba sentado junto a ella y recuerdo que me levanté un poco atontado y me alejé sin despedirme. Esa noche mi madre llamó a casa para preguntar si me sentía mejor, pero no se disculpó ni volvió a mencionar a la rubia, tampoco mencionó a papá (siempre lo hacía), mucho menos se refirió a Vu Dinh, o a Dino, o al chinito, como ella lo llamaba. Antes de colgar preguntó si Martha estaba en casa. Le contesté que había ido al cine. «¿Fue con su amiga Bárbara?» No respondí, solté el auricular y lo dejé colgando de la mesa, se quedó así toda la noche.

—La mata que busca esa mujer —volvió Thierry, la voz se le apagaba, me pregunté si no hablaría entre sueños—, se da sólo en un mogote que está en Bánica, detrás de la frontera.

Al día siguiente bajamos a Marfranc, fuimos derecho en busca del Renault, sacamos el resto del equipo y Thierry preparó los nuevos bultos; poco después me pidió permiso para viajar a Jérémie y pasar el resto de la tarde allá, con sus hermanos. Le sugerí que preguntara una vez más por la *grenouille du sang*, alguien tenía que haberla visto o escuchado.

En la misma casa donde nos cuidaron el Renault, trajeron unos cubos de agua para que pudiera asearme. También me afeité, el hombre que hacía las veces de barbero en Marfranc, un adefesio llamado Phoebus, fue llamado para que me cortara el pelo. Lo hizo de un modo criminal, dejándome pequeñas crestas alrededor del cráneo, tuve deseos de pedirle que me rapara la cabeza, pero me contuve pensando que aquellas crestas eran del todo preferibles a los raspazos y las cortaduras que sin duda me infligiría con su navaja.

A la caída de la tarde fui a visitar a los botánicos. Me recibió el francés, Edouard, que de momento se encontraba solo, pero poco después llegó Sarah, me tendió su mano áspera y me pidió que me pusiera cómodo. Tuve que saltar por encima de varias cajas y tiestos para poder hallar un hueco donde sentarme, en el suelo naturalmente, todas las sillas estaban ocupadas por frascos que contenían plantas preservadas, cactus en su mayoría.

Lo primero fue advertirles del comentario de Thierry: la planta que buscaban, y que mi guía había descrito como una especie de cactus a control remoto, que asoma a la superficie en días de lluvia y que vuelve a enterrarse con la seca, sólo se hallaba en los alrededores de la frontera dominicana. Thierry era un hombre de la zona, añadí, tenía experiencia en este tipo de trabajo y sus consejos debían tomarse en cuenta.

—Es que no es eso exactamente lo que busco —contestó Sarah—. Es complicado, no quise hablarlo con ese guía, ¿cómo dices que se llama?

Me brindó café de un termo que había sacado de debajo de un montón de papeles. Estaba muy amargo y Edouard extrajo de su bolsillo unos sobrecitos de azúcar, me ofreció uno, lo rechacé y seguí tomando el café tal cual.

—Busco a la *Pereskia quisqueyana* —agregó Sarah—. Se trata de un cactus, apenas quedan tres o cuatro en todo el mundo, todos machos. Necesitamos un ejemplar femenino.

Bajó los ojos, clavó la vista en los frascos que se amontonaban en el suelo y aproveché para preguntar si llevaban mucho tiempo en el Casetaches, pero Sarah no me oyó, o no le dio importancia a la pregunta.

—La han visto aquí —dijo de pronto, tenía las uñas cortas y amarillas y manchas de tierra en las manos, conocía bien aquellas manchas, sabía que no salían con facilidad—. Un hombre de Germont, que es un pueblito aquí cerca, describió lo que pudiera ser un ejemplar femenino. Ningún botánico lo ha visto, no sabemos cómo es la flor ni cómo son los frutos.

Hubiera sido una belleza de no tener los ojos tan hundidos. Calculé que tenía treinta o treinta y cinco años, quién sabe si veintisiete o veintiocho, la piel del rostro estaba muy curtida, a los herpetólogos también suele ocurrirnos, se nos achicharran la nariz, la frente y las mejillas. Sarah conservaba la frescura de la boca y un cuello largo y fino, ahí se le veía lo joven.

—¿Y tú qué estás buscando? —utilizó un tono amistoso—. Nadie corre el riesgo de venir a Haití si no está buscando algo importante.

—*Eleutherodactylus sanguineus* —dije—. Es una rana púrpura y deben de quedar muy pocas, si es que quedan, a lo mejor son todas machos, como tu *Pereskia.*

No era muy alta, llevaba el pelo recogido, pelo marrón, algo común. Volví a pensar que era una lástima que tuviera los ojos tan hundidos, lo decía sobre todo por esa sombra oscura alrededor de los párpados, unas ojeras que a esas alturas debían de ser perpetuas, que ni siquiera tenían el encanto del cansancio o de la mala noche. Por suerte, la nariz era perfecta.

—Llevo seis años buscándola —la voz de Sarah había cruzado el punto sin retorno, me pareció casi desesperada—. Revisé la Dominicana, revisé la frontera, estuve en la Isla de la Gonave, palmo a palmo revisé esa isla. Fui a la Grande Cayemite y a la Petite. Y algo me dice que está aquí.

Miró al francés, que todo el tiempo había estado callado, oyéndonos y saboreando su café. No sé por qué lo miró a él para decir el resto:

—Algo me dice que está aquí. Y de aquí no me voy sin ella.

Hacia 1930, exploradores y alpinistas dieron cuenta de la existencia de un pequeño anfibio, con extraños hábitos nocturnos, que abundaba sobre los 14.000 pies de altura, en la Sierra Nevada de Santa Marta, al noroeste de Colombia. Este era el único animal del mundo que «perecía» congelado por las noches, para «resucitar» con el deshielo de por las mañanas.

Tumbada de espaldas bajo el agua, con su diminuta boca asomada a la superficie, la *Rana carreki* quedaba inmovilizada bajo el hielo y sus signos vitales disminuían o cesaban, sin que se dañaran sus órganos internos.

Durante la década de los ochenta, se informó de una declinación sustancial en el número de ranas observadas en las charcas de la Sierra. En 1992, un alpinista que llevaba la misión de recoger un ejemplar, regresó de la montaña con las manos vacías. En 1993 se realizó una nueva búsqueda, sin resultado alguno.

La *Rana carreki* es totalmente negra. Aquellos que la han visto viva, aseguran que su piel despide un resplandor plateado.

Secreto y grandeza

Camerún.

Así se llamaba el hombre. O por lo menos, así decía que se llamaba. Lo conocí en mi primer viaje a Port-au-Prince, Jean Pierre y yo acabábamos de cumplir dieciséis años, reunimos unas pocas gourdes y nos metimos en un barquito que hacía la travesía entre Jérémie y la capital, parando un poco en Grand Goave, me parece que paraba allí.

El barquito se llamaba *La Saucisse*, no era un nombre corriente para un barco, quizá como iba siempre lleno, todos apretujados, el dueño decidió ponerle de ese modo. Jean Pierre llevaba una mochila con dos camisas limpias, una para él y otra para mí, íbamos a divertirnos, a conocer mujeres —en ese tiempo sólo pisábamos con Carmelite— y a visitar a nuestro amigo Jean Leroy, un marinero de goleta que vivía en Cité Soleil. En casa de Jean Leroy conocimos a Camerún. Y a su mujer, pero de refilón. A la mujer le decían Azelma, era una mulata clara de ojos dormidos, que andaba siempre con una iguana al hombro y hablaba como si tuviera la punta de la lengua cosida al cielo de la boca.

Camerún se dedicaba a la carnicería. Tenía fama de ser buen matarife, celebraban competencias para ver quién era capaz de matar a la vaca, desollarla, trocearla y filetearla en menos tiempo. El ganaba casi siempre, tenía los brazos de un toro y unas manos peludas llenas

165

de cicatrices, con esas manos desnucaba al bicho, hasta Jean Leroy que era su amigo le tenía un poco de miedo, daba pavor imaginarlo con coraje.

La tarde en que lo vimos por primera vez, apenas le hablamos, ni siquiera nos atrevimos a mirarle el cuello, que lo tenía cargado de collares, ni los anillos de piedra anaranjada, ni las muñequeras de cuero con caracoles incrustados. Camerún preguntó por nuestro padre, lo había conocido en Bombardopolis mucho tiempo atrás, quiso saber si Divoine Joseph estaba vivo, soltó una carcajada y dijo que Divoine era el único varón que le había tocado sus tres bolas —nació con tres— cuando él era un muchacho, para curarlo de unas ampollas de mujer. Recordó además lo buena hembra que había sido en su juventud Yoyotte Placide, preguntó si la madrina de mi hermana aún tenía la fonda a la salida del pueblo y declaró que aquél era el único lugar del mundo donde se podía comer *djon-djon* con hígados de gato. Luego dijo algo que ni Jean Pierre ni yo sabíamos: la cocinera más famosa de Bombardopolis, la protectora de los *pwazon rat*, la madre espiritual de todas las cuadrillas, sólo se había acostado con un hombre, y ese hombre era el viejo Thierry, nuestro padre.

Callados y sin levantar la vista, escuchamos todavía algo más: por culpa de Yoyotte Placide, el viejo Thierry había matado a un rastreador de otra cuadrilla. Según lo que Camerún oyó decir, el rastreador en una borrachera había querido revolcarse con Yoyotte, no se sabía si lo había logrado, lo cierto es que nuestro padre lo esperó en la puerta de la fonda, le habló bajito y le entregó un cuchillo. El otro no quiso defenderse y el viejo Thierry lo rajó de arriba abajo.

De ese viaje, Jean Pierre y yo volvimos muy cambiados. En el barco ninguno de los dos habló, cada cual dándole vueltas a lo que había dicho Camerún. Yo recordaba la cara apesadumbrada de Yoyotte Placide cuando supo que mi padre iba a tener un hijo con Frou-Frou. Nadie pensó mal entonces, ni tampoco sospechamos aquella vez que comentó que a mi padre le gustaba el baño bien caliente y la sopa de pescado casi fría. Mi madre respondió que eso sería en Bombardopolis, porque lo que era en Jérémie se bañaba con el agua helada y se quemaba por gusto con su caldo. Yoyotte tal vez enjabonaba la espalda de mi padre o le sobaba el cuello, quién sabe si para suavizarle el corazón, le lamía el vientre sin importarle la espuma. Fuimos un poco ciegos y cuando quisimos o pudimos ver, Frou-Frou se había metido por el medio.

En mi segundo viaje a Port-au-Prince, volví a encontrarme con Camerún. Fue el viaje que hice para conocer a Papá Crapaud. Un hombre había llegado a Jérémie buscando un guía, fui a ver al hombre y me advirtió que para aquel trabajo había dos condiciones: saber leer y conocer de rabo a cabo el monte Casetaches. Entonces me hizo una prueba, me dio un papel escrito y lo leí en voz alta, luego me mandó dibujar la montaña, pidió que marcara los senderos y las cuevas más grandes. Al final dijo que tenía que acompañarlo a Port-au-Prince para que conociera al extranjero. El extranjero era quien contrataba, un viejo que cazaba ranas.

La Saucisse ya no existía por aquella época, se había hundido cerca de la Gonave. Había otro barco entonces, mucho más grande y recién pintado, se llamaba *Le Signe de la Lune*. En Port-au-Prince, el hombre y yo bajamos de ese barco y fuimos derechito al hotel donde nos esperaba Papá Crapaud. No era tan viejo como lo imaginé, tenía muy buena cara, una sonrisa dura de varón del mundo y aquellos ojos claros sin venitas ni legañas; como que todavía no conocía a Ganesha, no había dormido en brazos de esa culebra rancia. Me dio la mano y me pidió que me sentara, enseguida empezó a hablar de ranas, dibujó unas cuantas en su pizarrita y preguntó si las reconocía. Más tarde sacó la foto de un sapo mugroso y lleno de verrugas, yo conocía bien ese animal, hablamos un rato sobre su veneno y le conté lo que solían decir los pescadores de Jérémie, que aquel sapo era la madre de todos los sapos. Papá Crapaud se echó a reír y dijo que él en cambio se sentía como un padre, fue entonces cuando pensé «Papá Crapaud», y luego lo repetí en voz alta. «Puedes llamarme así, si te parece.» Me volvió a dar la mano y me ordenó que regresara a Jérémie y le fuera buscando una casita cómoda donde poner sus cosas. Estaba contratado.

Al salir del hotel, me acerqué a Cité Soleil. Compré por el camino una botella de aguardiente, pensaba pedirle a Jean Leroy que saliéramos a celebrar lo de mi nuevo oficio, y celebrar para nosotros era pisar en grande, llevarnos a la cama una hembra o dos. Pero Jean Leroy no estaba, andaba navegando en su goleta y la que me abrió la puerta fue la mujer de Camerún, me saludó con su voz de fantasma y me explicó que acostumbraban a quedarse allí cuando Jean Leroy salía de viaje. Podía esperar a su marido, que estaba a punto de llegar y que seguramente iba a querer bajar conmigo esa botella. Estuvimos un buen rato solos, no había ningún peligro porque Azelma era bastante vieja y sólo se ocupaba de su iguana. Cuando Camerún llegó abrí la botella, me preguntó qué había venido a hacer a Port-au-Prince, le conté lo de Papá Crapaud y él estuvo dándome consejos. Luego volvió a hablarme de mi padre, de las veces que habían estado juntos en Mole Saint Nicolas, sobando dominicanas de la tierra en el cabaret del manco Tancréde.

Camerún me pareció un hombre derecho, empezó a parecérmelo cuando bajó la voz para referirse a «la Grandeza», a los secretos de los hombres y a la semilla humana de la muerte. Si alguna vez me iba a vivir a Port-au-Prince, él se encargaría de que no me faltara trabajo ni rumbo. El rumbo de los hombres, recuerdo que me dijo, está en la Voz Sagrada. Le pregunté cuál era aquella Voz y respondió que ya me enteraría algún día.

Ese día llegó algunos años después. Muerto Papá Crapaud y muerta en vida mi mujer, que era Frou-Frou, ya sólo me quedaba un camino: alejarme para siempre de Jérémie, hacer mi propia vida en otra parte, como habían hecho casi todos mis hermanos, todos menos Jean Pierre, que se quedó sembrado allí por Carmelite.

No me gustaba trabajar de matarife, mucho menos de estibador, creí que era lo único que Camerún podía ofrecerme, pero me equivoqué. De momento no me ofreció nada, dijo que me contaría una historia que iba a cambiar mi vida. Me llevó a un bar de espejos que había en el bulevar Allégre, muy famoso por aquella época, que se llamaba Samedi Night Club. Pidió aguardiente mezclado con cerveza, y sin haber probado su bebida soltó esta retahíla de borracho: «Uno dice el río y nada más que el río, como si no hubiera tantos en el Calabar».

No lo entendí al principio, pero siguió diciendo extraños nombres y hablando del Poder que reencarnó en un pez. De pronto abrió mucho los ojos y me ordenó que cerrara los míos: «Piensa en la mujer, Thierry, en una sola, piensa en ella como si la estuvieras viendo». La mujer se llamaba Sikán y cada mañana lanzaba al río una calabaza hueca para recoger agua. Un día, al retirar la calabaza, oyó la Voz, ese mugido entero, ese temblor de música en el fondo: miró dentro del agua y vio la cola con tres puntas. Los adivinos de la Guinea se reunieron, encerraron a Sikán y le robaron su pez, lo desollaron y con la piel cubrieron la boca de la calabaza. Pero todo fue en vano, porque en su piel la Voz del pez era el débil recuerdo de una Voz. Entonces decapitaron a Sikán, con sangre se adora y con sangre se despierta al mundo, metieron su cabeza dentro de la calabaza, sus ojos de pájaro fueron a mirarse allí con los ojos amarillos del pescado, salpicaron la mezcla con las siete hierbas y por fin la Bendición se oyó: aquél era el tambor profundo de la Sociedad Secreta, el parche antiguo cuyo nombre no se mencionaba nunca, la Voz que es como el fuego que calienta el corazón del Abakuá.

Camerún preguntó entonces si me quería unir a la Sociedad, le dije que sí, que en cuanto se pudiera, pero no se pudo hasta que pasé por muchas pruebas, pruebas de dolor y pruebas de alegría, que son las más difíciles. Me raparon la cabeza, me desnudaron para que un hombre me dibujara el cuerpo, rayas en la piel del cráneo, rayas en mis brazos y en mis piernas. ¿Sabe quién fue el hombre que me rayó? Emile Boukaka, él en persona, usted lo conoció allá en Port-au-Prince. Boukaka es el Mpegó de la Potencia, el Sacerdote de los Símbolos y de las Rúbricas, el Dueño de los Yesos, el Trazador de las Marcas. También rayó a otros hombres aquel día, los signos crean y dominan, lo que no está marcado no es sagrado ni tiene realidad. Nací de nuevo bajo la Voz de Tanze, Tanze es el nombre del Pez, pero a su cabeza se le dice Añuma; a sus escamas, Osarakuá; a sus dientes, Inikué; a su cola, Iriama; a su carne, Abianke, y a sus excrementos Ajiñá.

No había mujeres en la Sociedad. No las hay todavía ni las habrá más nunca. Una mujer halla el Secreto, puede hallarlo tal vez como lo halló Sikán, pero después se tiene que alejar, se tiene que morir, debe cerrar los ojos. ¿Ve esa paisana suya que anda arrancando hierbas en el Casetaches? El día menos pensado ella dará con lo que busca, y sé muy bien que ella no busca lo que dice, ¿qué pasará cuando se lleve la flor hembra? Una mujer no debería, ¿sabe lo que me dijo Camerún?: «Los viejos siempre piensan que las mujeres mienten».

Frou-Frou mintió, quiso a mi padre más que a nadie, un padre que jamás me llamó por mi nombre, y por querer al padre se echó en la cama con el hijo. Claudine, mi madre, le mintió a Yoyotte Placide, eran mentiras piadosas para que se siguieran celebrando los banquetes, hablaban entre ellas de lo bien que les cumplía mi padre. Carmelite siempre quiso a mi hermano Paul, luego parió a esa niña renacuajo y dijo que era de Jean Pierre. Dijo mentira.

Camerún no me puso a trabajar de matarife ni de estibador. Me recomendó en una sastrería para que limpiara los pisos y llevara recados, también me mandaron a recoger retazos, alfileres y botones que caían al suelo. En la sastrería conocí a Amandine, aunque todos la llamaban Maude. La primera vez que estuvimos juntos me preguntó si había dejado mujer en Jérémie. Le respondí que sí, una mujer tarde o temprano es una pena, la de Frou-Frou me iba a durar toda la vida. Le dije que la llevaba aquí, aún siento que la llevo y eso que ya está muerta.

Tiempo después, Maude me parió un hijo. Un hombre no cambia por eso, ya Camerún me lo tenía advertido: un hombre no cambia por nada. El niño murió poco después de abrir los ojos, la comadrona dijo que había venido al mundo con el corazoncito hecho pedazos. Maude lloró por varios días, pensé que se iba a atarantar como se atarantó Frou-Frou, pero se fue calmando. Me preguntó si no tendríamos más hijos, le prometí que sí, tendríamos un varón de corazón entero y lo llamaríamos Camerún. Pero fue niña y le pusimos Yoyotte, como mi hermana y como la madrina de mi hermana.

171

Camerún fue su padrino. Mi hermana Yoyotte vino desde Bombardopolis para cocinar la comida del bautizo. Celebramos la fiesta un sábado por la mañana, y el domingo a mediodía Azelma vino a darme la noticia, sus ojos dormidos estaban por primera vez despiertos: Camerún se había escapado con Yoyotte.

No fueron a Bombardopolis. Desaparecieron durante algunos años. La viejísima Yoyotte Placide, que estaba casi ciega, vino a Port-au-Prince en busca de su ahijada. Nadie se explicaba cómo en tan poco tiempo se habían enamorado y decidido irse, quién sabe adónde, los de la Sociedad supieron, Emile Boukaka supo, recibió una postal de la Guinea, recibió varias, Camerún le pidió que me contara que habían tenido hijos, dos a la vez, gemelos idénticos y albinos, no hay nada más sagrado en este mundo.

Yoyotte Placide murió poco después. El puesto de comidas estuvo cerrado mucho tiempo, pero las cuadrillas de los *pwazon rat* pasaban por allí de vez en cuando y se detenían a recordar aquellos banquetes de la medianoche, el olor de los frijoles que las cocineras ablandaban en aguardiente, el de la carne frita que algunos juraban que era de perro negro. Yoyotte decía que era de jabalí.

Mi hermana y sus dos hijos regresaron a Haití, pero Camerún no regresó con ellos. Los niños apenas podían soportar la luz, los albinos tienen su propia claridad y el sol los atormenta. Ella recuperó la fonda y le dejó el mismo nombre que había tenido en tiempos: Petit Paradis, ahí empezó a cocinar las recetas que trajo desde la Guinea. Más tarde tuvo una hija, la tuvo con Gregoire Oreste, aquel hombre que se dedicaba a rematar la caza en la cuadrilla de mi padre. Esa hija vive todavía con ella, pero los gemelos no, ellos tienen sus propias familias, unas mujeres que ayudan a servir la comida en el

Petit Paradis, y unos hijitos que no les salieron tan blancuzcos.

A veces pasaba alguien por Bombardopolis y se paraba a preguntar por Camerún. Unos decían que había muerto en el río Oddán, y que había muerto por voluntad propia, metiéndose con plomos en el agua. Otros contaron que se enamoró de una muchacha azul de la Guinea que lo amarró con su Poder. Yoyotte me dijo la verdad: Camerún regresó a Haití mucho antes que ella, regresó con Azelma, su mujer de ojos dormidos, y se fueron a vivir los dos al pueblo de Agua Negra, un lugar de la frontera por el que no pasaba nunca nadie. Pasó Divoine Joseph, vio a Camerún y se lo contó a Gregoire Oreste, así lo supo mi hermana, Gregoire quiso ponerla a prueba y ella se quedó tranquila, amamantando a su hijita, ni siquiera les avisó a los gemelos, que ya empezaban a preguntar por su padre.

En la Sociedad tenían cierta forma de decir las cosas. No decir nada también era una forma de decir. Para referirse a «la Grandeza» bajaban el tono, para hablar de Camerún, no hablaban. Se dijo todo en silencio, como si se tratara de un muerto, debe de haber muerto en Agua Negra, Azelma su mujer también. Pero todavía hay quien los ve. Yoyotte, mi hermana, cuenta que los ha visto en Bombardopolis, se lo cuenta bajito a sus gemelos, los albinos que sembró Camerún.

Yo estoy rayado hasta la muerte, ¿qué quiere que le diga?, cuando me muera, ya sea en el mar o sea en la tierra, Camerún va a estar allí, también mi padre, Frou-Frou estará si es que mi padre no se opone. A Camerún siempre le deberé la Voz. Mejor que sea en el mar, allí se mueve Tanze.

Alma de *macoute*

Me acordé de las postales que había visto en el gabinete de Emile Boukaka. De Francia la mayoría, pero también de lugares inesperados, ¿quién había estado nunca en Bafatá?

Camerún, tal vez, ese matarife apasionado y místico, capaz de volverse invisible y luego confundirse con la tripulación de los cargueros. Un hombre que, lo pensé de pronto, le daba a la carnicería el sentido de una búsqueda: atronaba, desollaba, descarnaba a las reses con la mente puesta en el entripado, en la sangre, en el destino final de las bostas que no llegaron a salir. Por eso a lo mejor ganaba todas las competencias, la matanza era para Camerún un camino hacia la perfección.

También era posible que jamás hubiera puesto el pie en ningún lugar del Africa. En ese caso podía haber escapado a Sudamérica. Traté de recordar el texto de aquella postal que había leído en lo de Emile Boukaka: *«De Pérou, une photo de mes chers antropophagos»*. Era una choza de indios en Beni, Bolivia, así que el remitente se había confundido, o estaba tratando de confundir al destinatario. A menos que la postal de Beni hubiera sido llevada hasta Perú y enviada desde allá, con lo cual no se trataba de un engaño ni de una confusión, sino de un capricho o de un olvido.

De cualquier forma, aquel relato de Thierry sólo intentaba demostrar cuán dignos de confianza eran los hombres de la Sociedad, porque precisamente uno de aquellos hombres, un cofrade que bien pudo haber sido Emile Boukaka, le había soplado la advertencia: el Casetaches, dentro de muy poco, habría de convertirse en un lugar prohibido, igual que lo eran ya el Mont des Enfants Perdus, la Isla de la Gonave, la Bahía Carcasse y los pueblos de Tiburón y Port-à-Piment. Ni los cazadores de ranas ni los buscadores de flores podrían quedarse allí durante mucho tiempo.

—Jérémie desde ayer es un infierno —susurró Thierry, volviéndome la espalda—. Paul, mi hermano, se irá con Carmelite y con Mireille, van a Bombardopolis, a ver si por allá se salvan.

—Tenemos comida en Marfranc —le dije—, no hay que volver a Jérémie hasta que encontremos a la rana.

—No está el mundo para buscar ranas —repuso Thierry—, y menos a la *grenouille du sang*, ésa nunca se deja ver por gusto.

Al día siguiente, a la caída de la tarde, volvimos a coincidir con la pareja de botánicos. Estábamos junto a la caseta, preparando el equipo, cuando los vimos acercarse, levanté la mano para saludarlos, Edouard se detuvo y Sarah siguió de largo, ambos llevaban sacos de nilón a la espalda y noté que ella avanzaba con dificultad. Regresaban de pasar el día en sus «cuadrantes de estudio», así llamaban a las zonas demarcadas, se quedaban trabajando mientras había luz, contrario a nosotros, que empezábamos al oscurecer. Traían las cantimploras vacías y nos pidieron agua, les pregunté si deseaban acompañarnos a comer, se miraron un instante y ella aceptó con un gesto breve, movió la cabeza y echó un largo suspiro. Me ofrecí para llevarle el saco, Edouard se adelantó y saludó a Thierry, era un tipo afectuoso y lleno de energía.

Abrimos latas de conserva y comimos escuchando la

radio. De vez en cuando, Sarah soltaba un comentario vago o inconcluso. Habían pasado el día trabajando a solas, porque Luc, el haitiano que los acompañaba, estaba en Marfranc. Me pregunté, por primera vez, si aquellos dos serían pareja fija, o si la soledad, el cansancio, el silencio atormentado y seco de la loma los obligaba a aparearse sólo de vez en cuando.

—No estoy obligado a nada —dijo de pronto Edouard, mordiendo un trozo de yuca hervida, era el clásico tipo que se adapta a todo, que lo consume todo—. Hubiera querido estar aquí un par de semanas más, por Sarah, sobre todo, a ver si consigue su *Pereskia*.

Sarah alzó los ojos y me miró un poco asustada, como pidiéndome silencio, ¿silencio sobre qué?

—Pero va a ser difícil —agregó Edouard—, Luc nos ha dicho que esto no es seguro. Piensa que nos podrían matar.

Thierry tosió, era incapaz de inmiscuirse en una conversación que sospechaba ajena, noté que estaba ansioso por decir lo que sabía.

—A Thierry le comentaron que dentro de unos días nos obligarán a salir de aquí... Diles, Thierry.

Sarah sonrió, la suya era una auténtica sonrisa de batalla. Con un simple gesto, atajó el relato de Thierry.

—Pues esperaremos a que nos vengan a sacar. —Se dirigió a su acompañante—: De aquí a que vengan, seguro que ya hemos terminado.

El resto de la comida transcurrió en silencio, Edouard habló de su mujer y de·sus hijos. Sarah no volvió a hablar de nada ni de nadie.

Esa misma noche, por primera vez, escuchamos el canto de lo que podía ser un ejemplar adulto de *Eleutherodactylus sanguineus*. Thierry lo estuvo oyendo durante mucho rato, yo era incapaz de distinguirlo, entramos y salimos de una cueva, nos acuclillamos un rato junto a un árbol, tomamos un sendero que rodeaba una pequeña charca y él apagó de pronto su linterna. Había llovido durante la mañana y ahora empezaba a lloviznar de nuevo, nos quedamos inmóviles sobre un declive incómodo, quise agacharme y Thierry me lo impidió: fue en el momento en que volvió a cantar, cerré los ojos y la escuché con tanta nitidez que estuve a punto de ponerme a gritar. Luego me pareció todo muy breve, hice un gesto y me tambaleé en el fango, Thierry prendió su linterna y me tendió una mano.

—Por ahí anda la demonia. Ya sabemos que está aquí.

En ese momento, y aun después, durante varias horas, fui incapaz de pronunciar palabra. Avanzábamos despacio, iluminando suavemente la maleza, los nidos de bromelia y las raíces de los árboles. De vez en cuando Thierry se detenía y conteníamos la respiración, pero la rana no volvió a dar señales. Poco antes del amanecer nos sentamos y prendimos cigarrillos.

—¿Sabe que los albinos avisan que serán albinos antes de nacer?

No venía al caso y empezaba a dolerme la cabeza. Thierry abrió un termo y me ofreció café caliente en una antigua latita de guisantes que aún conservaba la etiqueta.

—Avisan de este modo: se mueven mucho dentro de la barriga de la madre, la barriga se afina y cambia de color. Entonces la madre, para estar segura, entra en un cuarto oscuro, se desnuda y se pone frente a una lámpara de querosén. Si el feto puede verse desde afuera, seguro que nacerá albino.

Rebusqué en mi mochila y saqué dos aspirinas. En el rancho de mi padre solían hacer lo mismo, pero con los huevos de avestruz: después de recogerlos, los lavaban y los cepillaban, y luego los colocaban delante de una lámpara para localizar la yema, que era una mancha oscura. Dependiendo del lugar donde se hallara aquella mancha, se colocaba el huevo en las incubadoras. La mancha siempre debía quedar arriba. Ayudé en eso varias veces, durante las vacaciones de verano, me gustaba también alimentar a los polluelos, pero evitaba acercarme a los pájaros adultos. Prefería mirarlos desde lejos y así, de paso, ver la silueta de mi padre dentro de los corrales, moviéndose como un torero, tratando de aplacar a un animal celoso.

—Los hijos de Yoyotte son muy derechos. Los albinos siempre salen así: o muy derechos o muy torcidos, no hay término medio.

De niño tuve un libro de dibujos cuya lámina central representaba una carrera de avestruces. Los jinetes llevaban barbas y turbantes y galopaban sin mirarse, agitando los sables y levantando un remolino de plumas. Alguien me sugirió que coloreara aquellas plumas de amarillo, tal vez mi padre, para ese tiempo ya se le había metido en la cabeza que se dedicaría a la crianza de avestruces. Lo obedecí, coloreé las plumas y los turbantes de los jinetes, todo del mismo color, pero aun así durante mucho tiempo tuve la pesadilla del desierto: los avestruces me alcanzaban y yo giraba solo dentro del remolino, la boca se me llenaba de plumas, no amarillas sino negras, y con la boca llena ya no podía gritar.

—Entre los hombres que rondaban la casa de Papá Crapaud, queriendo pisar a Ganesha, había uno que era albino.

Mi madre consideraba que lo de los pájaros era una pérdida de tiempo y de dinero, ¿a quién podían interesarle las plumas de avestruz? ¿Cuántas plumas podía sacar mi padre de un pájaro que a la larga le costaría tan caro? El contestaba que el negocio en realidad estaba en la carne: más saludable que la del buey, más delicada que la del pavo. Mi madre gritaba que no tenían ni un

181

solo amigo, pariente o conocido que hubiera probado o quisiera probar la carne de avestruz. Mi padre bajaba la voz: la probarán, la probarán...

—Era un albino de los muy torcidos, un hombre muy gordo y salvaje, pero Ganesha le abrió la puerta, fue en una de las salidas de Papá Crapaud, y después de pisarla, el albino la golpeó, la dejó tirada allí, sobre un charco de sangre. Yo fui quien la encontró mucho más tarde, ella no se podía mover, pero rezaba bajito.

Luego mi padre argumentaba que se podía sacar provecho de la piel, como catorce pies cuadrados de piel por cada pájaro, la piel del avestruz se vendía cara en el mercado. Mi madre, pese a todo, no se dejaba convencer: que tirara su dinero como mejor le pareciera, tanto le daba al fin y al cabo, pero lo que le pertenecía a ella y a su hijo tendría que respetarlo.

—Estuvo varios días en cama. Papá Crapaud la cuidó, a pesar de que sabía que la golpiza se la había dado aquel albino, y que se la había dado porque ella se dejó pisar. Ganesha estuvo quieta por un tiempo y el albino desapareció. Más tarde me enteré de que había matado a dos mujeres.

Martha, mi mujer, ya no quería volver al rancho de mi padre. Antes de casarnos, íbamos a menudo, pero más tarde los avestruces dejaron de ser una curiosidad, al menos para ella. No era extraño ir por la carretera y verlos a lo lejos, correteando en las granjas, surgieron muchas granjas en Indiana por aquella época. A Martha todo aquello no le interesaba más que lo que le podía interesar un corral de gallinas o de vacas.

—A una la mató en Jérémie y a la otra la descuartizó en Port-au-Prince. A la de Jérémie le arrancó la piel de la cara, ¿eso le recuerda algo? Me parece que ese albino tenía el alma de *macoute*.

En compañía de Bárbara, y no conmigo, Martha

182

probó por primera vez la carne de avestruz. Fue durante un viaje relámpago a Houston, Bárbara se quiso revisar el corazón, nada muy grave, unas arritmias que la mortificaban por las noches. Después de hacerse los exámenes y ver al médico, que la tranquilizó del todo, fueron a celebrarlo a un restaurante. Martha dijo que vio el filete de avestruz en el menú y que se acordó de mí. Nunca lo había querido comer en el rancho de mi padre, antes de casarnos solía llevar sus propias comidas congeladas. Pero con Bárbara se sintió valiente, o acaso Bárbara la indujo, el hecho de que Martha probara el avestruz con ella y no conmigo era una puñalada fina, la suerte de mortal aguja que se te clava en el lugar exacto, en el punto nervioso que paralizará el resto del cuerpo. Esa noche durmieron en el hotel que estaba frente al hospital, un sitio deprimente, según me contó luego.

—Una vez sorprendí a Ganesha comiendo ancas de rana, le advertí que si Papá Crapaud la descubría, la iba a matar. Me contestó que eran muy buenas, que su familia en Guadalupe siempre las había comido.

Le pregunté a Martha si le había gustado el avestruz y respondió que sí, que era agradable y punto, nada especial, menos colesterol, ¿no se trataba de eso?

—Papá Crapaud nunca lo supo, pero ella a veces le robaba ranas para comérselas. El albino la acompañaba en el banquete. Cuando se fue el albino, la acompañaba el hombre de Léogane.

Mi madre siempre le echó la culpa de su separación a «esos malditos pájaros». A pesar de los años que habían pasado y de lo bien que le iba a mi padre en su negocio, ella se mantuvo firme en que él era un excéntrico y lo del rancho una locura.

—Hoy es un gran día —recalcó Thierry, cerrando el termo—. Nunca pensé que me alegraría de oír a la *grenouille du sang*.

Nunca pensé en la posibilidad de que ese rancho, tarde o temprano, iba a ser mío. Fue Martha quien lo mencionó una noche: ya que era el único heredero, ¿me había enterado si era fácil vender un criadero de avestruces? La miré a los ojos: «Eso depende». Ella, como siempre, me sostuvo la mirada: «Depende del mercado o depende de qué». La voz me salió un poco ronca: «Depende de mí, a lo mejor me quedo con el rancho y con todos los avestruces».

—Después que encontremos a la rana —dijo Thierry—, voy a reunir dinero para ir a ver los pájaros. No sé si su padre me los querrá enseñar...

Martha soltó una carcajada. Supongo que fue a contárselo enseguida a Bárbara y que Bárbara también le vio la gracia. Lo pasaban muy bien cuando estaban una con otra, eran capaces de entenderse y divertirse juntas, eso es difícil.

—Primero los veo, después averiguo si se puede traer alguno. En Haití eso no se ha visto nunca.

Me puse de pie, me sacudí la ropa, me empezaba a molestar el sol. Thierry estaba esperando que le dijera algo.

—Vámonos a dormir —le dije.

La rana de las cascadas, o *Rana cascadae*, era tan abundante en las lagunas al sur de California, que hasta hace pocos años un solo colector podía reunir cuarenta o cincuenta ejemplares en el curso de apenas media hora. En el otoño de 1992, se realizó una intensa búsqueda de esta rana, luego de que se informara de una grave declinación en su hábitat regular, incluidos los alrededores del Lassen Volcanic National Park, un parque protegido, que no ha sufrido cambios.

Sólo dos ranas, moribundas, fueron halladas.

La desaparición total de la *Rana cascadae* se da por hecha.

La fe de la Guinea

—Veo que ya no pisas con Frou-Frou.

No me moví ni dije una palabra, no podía hacerlo. Julien se parecía tanto a mi padre que me quedé como sembrado frente a la barra del Samedi Night Club, aquel lugar de espejos donde estuve por primera vez con Camerún.

—Eres mi hermano —le dije.

—No tengo hermanos —contestó.

Mucho más alto que cualquiera de nosotros, los de la camada de mi madre, mucho más fuerte también, Julien tenía una mirada vándala de saber mandar y una enorme quijada de caballo. La fuerza de un hombre se mide siempre en ese hueso.

—Aunque no quieras, eres mi hermano.

Me acababa de separar de Maude y andaba con una mujer llamada Suzy, enfermera en el hospital de Port-au-Prince, o casi enfermera: sabía hacer unas cosas y otras no, pero como el hospital estaba siempre demasiado lleno, Suzy tenía que hacer de todo. Julien se fijó en mí porque se fijó primero en ella, yo la tenía abrazada y él se paró a mirarla, entonces me reconoció, se acercó y soltó esa cochinada.

—¿Ya no te interesa pisar con Frou-Frou?

Llevaba un revólver en la cintura y una camisa verde olivo bien abrochada hasta el cuello, además tenía reloj y sortija. Lo invité a que se tomara una cerveza, pero dio media vuelta y fue a sentarse con otros dos a una mesa; desde esa mesa, de vez en cuando, nos echaba una ojeada. Suzy preguntó cómo era posible que siendo hijos del mismo padre nos pareciéramos tan poco. Le respondí que nos parecíamos en algo: los dos éramos calvos. A mí ya me clareaba todo el cráneo y Julien se había rapado el suyo, ahora tenía una cabeza de buey, una frente ancha y brillosa, con la que se podían machacar las piedras.

Jamás volvió a ver a su madre. Tampoco quiso tratos con ninguno de sus hermanos. En una que fue a Bombardopolis, se acercó a comer al Petit Paradis. Lo acompañaban sus amigos, los *macoutes* de carne y hueso con los que sustituyó a los soldaditos del juego del «*macoute* perdido». No se acordó de que aquel negocio le pertenecía a su medio hermana, o ya no le importaba tanto. A Yoyotte le importaba muchísimo menos, porque nada más llegar, poco después del mediodía, él y sus hombres empezaron a bajar vasos de Barbancourt, y no había caído la noche cuando tenían una montaña de botellas vacías alrededor de la mesa. Después pidieron la comida. Yoyotte, mi hermana, gritó el menú asomada por el hueco de la cocina. La viejísima Yoyotte Placide fue la encargada de poner la mesa.

—Cuando Frou-Frou anunció que iba a tenerme —le dijo Julien, con una gran sonrisa—, no la dejaste volver a los banquetes.

Yoyotte Placide, que de tanto vivir entre los muertos había perdido el temor a los vivos, se detuvo a mirarlo, alzó la voz y le contestó muy seria:

—Si por mí hubiera sido, tú no naces nunca.

Mi hermana me contó que en ese instante le flaquearon las piernas. Julien puso muy mala cara y los *macoutes* que lo acompañaban suspendieron sus risotadas y se quedaron pendientes de la conversación.

—Eras muy vieja —se afiló Julien—, Thierry necesitaba una mujer más joven.

Nunca le llamó padre a su padre. Por llevarle la contraria, por hacerlo rabiar lo llamaba Thierry, mi padre entonces le pegaba en la cara, a veces le partía la boca. Julien no soltaba una sola lágrima, sino que bajaba la cabeza y lo seguía diciendo muy bajito: Thierry, Thierry, Thierry.

—Tú lo dijiste —replicó Yoyotte Placide—, Thierry necesitaba una mujer, ¿pero qué crees que era tu madre? Tampoco le dijo madre a ninguna de las dos mujeres que lo habían criado. Claudine se quejaba de esto con Frou-Frou, Frou-Frou a su vez iba a quejarse con mi padre. Mi padre volvía a partirle la boca a Julien, le pegaba duro y él no dejaba de gritar aquellos nombres: ¡Thierry, Claudine, Frou-Frou!

—¿Qué cosa era Frou-Frou, vieja torcida?

Mi hermana Yoyotte contaba luego que aquel día estuvo a punto de morir abrasada. Muerta de miedo y sin saber qué hacer mientras su madrina discutía con su medio hermano, empezó a dar vueltas y vueltas frente a los fogones y volcó una sartén llena de aceite hirviendo.

—Te voy a decir lo que era Frou-Frou —gritó Yoyotte Placide, el odio de tantos años comiéndole la punta de la lengua—: era una grandísima puta.

Mi hermana nunca supo qué pasó después porque se desmayó. Cuando abrió los ojos ya no estaba junto a los fogones, sino tendida entre dos sillas, bajo el mismo sombrajo donde todos los *macoutes*, con Julien a la cabeza, empezaban a devorar su fricasé de chivo. Sentada a su lado, abanicándola con uno de aquellos abanicos que tan buen fresco echaban y que tenían la foto de Papá Doc por un lado y el mapa de Haití por el otro, estaba su madrina, la deslenguada Yoyotte Placide. Los *macoutes* seguían hablando tan contentos, se oyeron de nuevo risotadas y volvieron a bajar muchas botellas, no se movieron de allí hasta bien entrada la madrugada, cuando Julien pagó la cuenta y advirtió que iba a dejar buena propina para que repartieran *clairin* en el velorio. No mencionó al difunto, se limitó a tirar aquellas gourdes junto a los pies hinchados de Yoyotte Placide.

Aquella noche en el Samedi Night Club, Julien también quiso ajustar cuentas conmigo. A lo mejor sólo trataba de sonsacar a Suzy, que a su vez trataba de sonsacarlo a él y lo miraba con la boca abierta. Después de un rato de estar bebiendo con sus compinches, él se acercó a la barra y me preguntó qué se sabía de Frou-Frou.

—Se atarantó —le contesté.

—Estaba atarantada cuando yo nací. Me regaló a tu madre.

Dicho esto, decidió terminar conmigo: agarró a Suzy por un brazo y me preguntó si la dejaba bailar. Lo preguntó riéndose y no le respondí porque esperaba un gesto de ella, que retirara el brazo o que dijera no. Pero ella se dejó llevar, todo fue rápido, en un momento estaban juntos, bailando frente a mí, más abrazados que cualquier pareja, Julien ponía sus manos sobre las nalgas de Suzy, y Suzy se movía con los ojos cerrados. Pagué mis tragos y salí de allí, no porque no me interesara Suzy, que en ese tiempo me gustaba mucho, sino porque algo me decía que también Julien esperaba por un gesto mío, un solo movimiento para matarme frente a todos, a sangre fría.

Para esa época, ya Camerún se había escapado con mi hermana Yoyotte, y la mujer de Camerún, Azelma, me visitaba de vez en cuando para preguntar si había noticias de ellos. Azelma había crecido en Port-au-Prince, estaba al tanto de lo que pasaba en cada rincón de la ciudad, conocía muy bien a Julien, ¿quién no conocía en Haití a Julien Adrien?

Un día me preguntó si sabía cuántos muertos habían dejado los hombres de mi hermano en la matanza de Cité Soleil. Bajé la cabeza: la pequeña venganza de Azelma, por haberse ido Yoyotte con su marido, era contarme la verdad, y la verdad era que Julien olía a demonio, no sólo había matado a muchos hombres, sino que había matado a las mujeres, muchas a punto de parir, y había matado niños. ¿Quería saber cómo lo hacía?

—Es mi hermano —recuerdo que le dije, para que se callara.

Y nada más decirlo me di cuenta de que mi padre, después de muerto, había dejado en mí toda la fe de la Guinea. Lo que se amaba había que respetarlo. Y lo que no se amaba, pero había que amar, se respetaba también. Yo no amaba a Julien, ¿cómo podía querer a una culebra venenosa? Pero por ser el más pequeño de la camada de mi padre y el único varón que le parió Frou-Frou, tenía que defenderlo o que cerrar los ojos.

—Es mi hermano —repetí—, y su madre es la mujer que quise, la pena que me durará por siempre.

Azelma era como una piedra, pero llega un momento en que hasta las piedras pueden comprender cuando habla un hombre. No volvió a decirme nada de Julien, ni quiso volver a vengarse por lo de mi hermana Yoyotte. Nos hicimos muy amigos y a menudo la consolaba, ella me preguntaba si creía que Camerún iba a volver, y yo le contestaba que tuviera paciencia, que cualquier día aparecería por esa puerta. Ahí se quedaba pensativa, acariciando el lomo de su iguana.

No me lo contó Azelma, los de la Sociedad Abakuá me lo contaron: mi hermano Julien juntó su tropa con la tropa de Cito Francisque, que es el hombre que hoy controla el Mont des Enfants Perdus. En aquel momento, hace unos cuantos años, empezaban a llegar los cargamentos, unos fardos que traían por mar y que pasaban luego a la Dominicana. Cito Francisque y Julien se habían unido para defender su territorio, había otro militar que se lo disputaba, un coronel apadrinado en el Palacio. La guerra comenzó en Port-au-Prince, pero luego se extendió a Cap-Haïtien y tuvo su batalla más sucia en Jacmel. Allí vivía la niña con su madre. Me refiero a la hija de Julien. El se hallaba en Pétionville, haciendo planes con sus hombres, cuando le llevaron el paquete. Cuentan que lo abrió y volvió a cerrarlo, terminó de dar sus órdenes y se alejó con aquel bulto bajo el brazo. Montó en el *jeep* y desapareció por varios días. Fueron los días de su mayor locura. Julien disparaba a los hombres en la nuca, en la nuca o en el vientre; ajustó todas sus cuentas pasadas y futuras. Por eso los de la Sociedad quisieron advertirme.

Dejé por unos días mi trabajo. Me escondí en la casa de la hermana de Azelma, una mujer que se llamaba Blanche, y hasta allí me llegaban las noticias: veían el *jeep* de madrugada, lo veían al mismo tiempo en Port-de-Paix que en Saint Marc. Veían al hombre enloquecido que iba dentro. Cito Francisque se lavó las manos, negoció con el militar apadrinado en el Palacio, entregó la vida de mi hermano, que de todas formas no era vida ya.

Blanche se acercó a mi catre una de aquellas noches y dijo que su hermana Azelma había mandado aviso: Julien había caído en Gonaïves, lo encontraron muerto dentro de su *jeep*, y encontraron también aquel paquete que todavía llevaba debajo del asiento. Era la ropa de su hijita, los dedos de la niña, le mandaron los dedos como prueba de que la habían matado.

En ese momento, no me acordé de la golpiza que me mandó dar cuando empecé a quererme con su madre, ni de la furia con que me arrancó a Suzy en el Samedi

Night Club. Me acordé del día en que llegó a mi casa, en brazos de su hermana Carmelite, y mi padre nos advirtió a Jean Pierre y a mí, por ser nosotros los mayores, que el recién nacido era también hermano nuestro.

Blanche me puso una mano en la cabeza y dijo que ya podía estar tranquilo: el diablo se había muerto con el diablo. Yo le tomé aquella mano, me la llevé a la boca y empecé a llorar bajito, no por el difunto, sino porque tenía que ir al velorio y enfrentarme otra vez con Frou-Frou. Me levanté del catre y comencé a vestirme, Blanche se sentó a mirarme y dijo que ojalá Julien no hubiera muerto nunca. Era su manera de decir que lamentaba que me fuera y que me podía quedar; su manera de ofrecerse como mujer, algo que no había hecho en todos aquellos días que pasé escondido. Fui hacia ella, la abracé y le prometí que volvería.

Y volví a su casa, pero traje a Frou-Frou.

El agua en la boca

Esa noche, antes de salir al campo, escribí dos cartas: una para mi padre y otra para Vaughan Patterson. La de Patterson, que pretendía ser una carta breve y desapasionada, resultó un poco larga y como cargada de ansiedad. Le comunicaba que por fin había escuchado al *Eleutherodactylus sanguineus* y que ya estaba en condición de asegurar que la rana estaba allí, en la ladera sur del monte Casetaches. Todavía no la había visto, no sabía si se trataba de un ejemplar aislado o de varios individuos de una misma colonia. Lo que sí podía garantizarle era que personalmente se la llevaría a su laboratorio de Adelaida.

Con la carta de mi padre ocurrió todo lo contrario, quise ser afectuoso, empecé por hablarle de Thierry y de su gran curiosidad por los avestruces. Era una forma de decirle que me acordaba del rancho y de los pájaros, y que pensaba en él muy a menudo. Pero la carta me salió tan fría, que me puse a escribir otra, y luego una tercera, y al final rompí las tres, hice un montoncito de papeles rotos en el suelo, los dispersé con la punta del zapato y en eso me acordé de Oscar, el pequeño avestruz de peluche que mi padre me regaló para ayudarme a superar la pesadilla del desierto. Era blanco, un animal hasta donde recuerdo patético, con dos grandes botones azules en el lugar de los ojos y el cuello forrado de pequeñas corbatas. Mi padre inventó un juego de palabras a partir de la frase «Ostrich Oscar», y me animaba a que lo repitiera cada vez que tuviera malos sueños. Eso me dio una idea: tomé una tarjeta en blanco de las que utilizaba para rellenar mis fichas, escribí el juego de palabras que me enseñó mi padre y lo metí en un sobre con su dirección.

Thierry llegó en ese momento para avisar que el equipo estaba listo, llevábamos la grabadora y tres micrófonos adicionales con los que intentaríamos grabar la voz de la *grenouille du sang*. Le anuncié que al día siguiente bajaríamos a Marfranc en busca de agua y de alimentos, además pagaríamos al hombre que nos cuidaba el auto para que nos llevara la correspondencia a Port-au-Prince. Thierry miró hacia los trocitos de papel dispersos, no sé si se llegó a dar cuenta de que eran cartas rotas, no sé tampoco si sospechó que en esas cartas yo hablaba de él.

—Todavía no me ha dicho cómo es que matan al pájaro.

La primera vez que vi caer un avestruz, decapitado, pensé que se trataba de una muerte sencilla e indolora. Rodaba la cabeza por un lado, mientras que la lombriz desfallecida del pescuezo, unida al cuerpo, continuaba moviéndose por un instante. Vu Dinh, o Dino, el vietnamita que trabajaba para mi padre, me enseñó que los ojos del pájaro eran capaces de seguir un objeto durante unos segundos, aun después que la cabeza hubiera sido cercenada.

—Pescuezo tienen —señaló Thierry—, debe de ser fácil degollarlos.

Con las cáscaras de los huevos infértiles, el vietnamita fabricaba collares, tallaba cruces y a veces, también, cabezas de búfalo. A los collares les dibujaba palabras en su idioma, unos signos delicados que pasaban un poco como adornos, pero la mujer de las incubadoras me confió que esas palabras tenían su significado, y que significaban maldiciones.

—Cien libras de carne —suspiró Thierry—, un corte de pescuezo y ya: cien libras buenas.

La rana no se dejó escuchar aquella noche. Thierry estaba impaciente, se concentraba en los sonidos, permanecía mucho rato con la oreja pegada a la tierra. Al cabo se levantaba, caminaba unos cincuenta metros y se volvía a tirar al suelo, escarbaba entre las piedras, sacudía los arbustos.

—Está cerca —decía—, la puedo oler.

El pequeño anfibio, al parecer, también nos estaba oliendo a nosotros. Fue una noche larga y tediosa, la impaciencia de Thierry terminó por contagiarme, discutimos en susurros: él llegó a sugerir que la *grenouille du sang* se había ocultado a causa de mi casco, era un cómodo casco con una linterna integrada, pero sostuvo que la luz, demasiado brillante, ahuyentaba al animal. Recordó que Papá Crapaud jamás había querido usar un casco así, entre otras cosas porque atraía las polillas hacia la cara. Siguió refunfuñando hasta que comenzó a clarear, me pareció que interpretaba la ausencia de la rana como un fracaso personal; traté de explicarle que los anfibios se comportaban siempre de ese modo, la quietud era en ellos una forma de supervivencia, como en nosotros: quietud y silencio, silencio y perplejidad.

Entrada la mañana volvimos al campamento. Desde lejos vimos las siluetas de dos personas que nos aguardaban frente a la tienda. Eran Edouard y Sarah, ambos tenían la vista fija en lo alto de la loma, pero no nos vieron hasta que salimos por detrás de unos arbustos, cuando estábamos prácticamente encima de ellos.

—Nos vamos —gritó Edouard—. Mataron a Luc.

Dejé pasar unos segundos mientras ubicaba a Luc. Caí en la cuenta de que era el guía, aquel hombre que nos había dirigido una mirada de guerra el primer día que coincidimos en el Casetaches.

—Lo colgaron en Marfranc —agregó—. Ahora vendrán a sacarnos a nosotros.

Busqué con la mirada a Thierry, que se apresuró a entrar en la tienda sin decir palabra. Empezaba a explicarme su crispación, su nebuloso empeño por hallar a la rana aquella misma noche. Uno de sus cofrades de la Sociedad Secreta le había soplado la advertencia: el Casetaches, dentro de poco, habría de convertirse en un lugar prohibido. Lo que Thierry se había callado era la fecha, el momento exacto en que ocurriría el desalojo, quizá mañana, tal vez dentro de algunas horas, o en los próximos minutos. La muerte de Luc era un aviso, una advertencia para que nos moviéramos todos.

—Le faltaban los pies, se los cortaron por los tobillos —Edouard se acercó a Thierry—. ¿Por qué tienen que cortarle un pedazo a todos los cadáveres?

Thierry abrió la boca, le sudaba la cara:

—¿Por qué se lo tengo que decir yo?

Decidimos bajar juntos a Marfranc, llegamos después del mediodía y el pueblo estaba en calma, una calma feroz, nadie alzaba los ojos para mirarnos, el cielo estaba encapotado y me pareció que tronaba en un lugar indefinido, acaso en otro mundo. El cadáver de Luc había sido descolgado y el hombre que cuidaba de nuestro automóvil se ofreció para llevarlo a Port-au-Prince. Edouard insistió en irse con ellos, les entregué de paso mi correspondencia y salieron los tres en el Renault: dos hombres vivos y uno muerto, un hombre muerto sin sus pies.

Thierry deambuló por el pueblo en busca de noticias. Sarah y yo nos quedamos esperándolo en un cafetín sin nombre, una barraca fantasmal en la que sólo se podía beber cerveza tibia y aguardiente casero. El lugar era pequeño, casi no había clientes a esas horas: dos hombres en una mesa, bebiendo sin hablar, y una pareja que bailaba al compás de la música de un radiocasete. Ella era apenas una niña, le calculé doce o trece años, tal vez menos, él era un anciano sofocado y sucio, apestaba a orín y tomaba su baile con mucha seriedad, apretando la boca fruncida en la que seguramente faltaban varios dientes.

Los hombres que bebían sin hablar nos miraron de reojo cuando entramos. Sarah pidió aguardiente y se entretuvo observando a la extraña pareja, la música llegaba por oleadas, era una especie de chachachá francés. Cuando se terminó, el viejo fue a sentarse y la muchacha lo siguió, ambos pidieron cerveza y bebieron sin hablarse, la consigna general parecía ser el silencio. Miré a Sarah, que a su vez miraba fijamente el vaso, era un vaso empañado con los bordes rotos.

—Estoy a punto de encontrar la *Pereskia* —dijo—. ¿Será posible que nos saquen ahora?

—Ya me sacaron de otra loma —respondí—, una que está muy cerca de Port-au-Prince, la llaman el Mont des Enfants Perdus.

—Nadie ha visto nunca la flor hembra —Sarah era mujer de una sola obsesión—, ni se sabe de qué color es el fruto, dudo mucho que sea rojo.

—Fue a principios del siglo pasado —le conté, llenándole otra vez el vaso—, a Port-au-Prince llegó una bruja blanca, era muy pálida y la vieron vomitando sangre. Estoy seguro de que padecía hemofilia, pero se convirtió en *loup garou*, una especie de vampiro. Levantó una comuna en la montaña, se llevó a cincuenta o sesenta niños huérfanos, les enseñó su magia. Nadie intervino, nadie se ocupó de aquellos niños, de vez en cuando bajaban de la loma, paseaban en grupo por la ciudad, la gente les había cogido miedo, los niños se habían vuelto huraños, impredecibles, bastante locos.

Sarah volvió a mirar al viejo: la muchacha lo abrazaba, le besaba la frente, le acariciaba el pelo. El tufo llegaba hasta nosotros, todo lo que hacía aquel hombre era masticar en seco con su boca fruncida.

—Había varias niñas en el grupo. Poco a poco fueron quedando embarazadas, algunas se desmayaban en la calle, pero nadie las atendía, en Port-au-Prince les tenían más miedo a las hembras que a los varones.

La muchacha buscó los labios del anciano y se los besó. Jamás pensé que un beso ajeno pudiera resultarme repugnante, hubo un chasquido accidental, un hilo de saliva se quedó un momento conectado entre ambas bocas.

—Una noche divisaron varias fogatas en la cumbre, luego ninguno de los niños volvió a ser visto, la bruja bajó a Port-au-Prince y abordó el primer barco de regreso a Francia. Nadie la detuvo, nadie le preguntó por las criaturas, la montaña entonces se llamaba de otro modo, pero de ahí en adelante todo el mundo la empezó a llamar el Mont des Enfants Perdus.

Sarah iba a preguntarme algo, cuando se detuvo y me hizo señas de que mirara hacia la puerta. Allí estaba Thierry, mirando hacia ninguna parte, muy tieso y pesaroso. Me levanté y fui a su encuentro.

—Mi hermano Paul no aparece —dijo—. Carmelite y Mireille no se han podido ir a Bombardopolis.

Le pedí que se sentara con nosotros. Los dos hombres que bebían sin hablarse se levantaron y salieron; el viejo estaba echado sobre la muchacha, desvanecido o demasiado borracho. Ella también parecía un poco mareada, miraba al vacío con sus grandes ojos entornados.

—Para que Paul no aparezca, tiene que ser que está muerto.

Thierry también olía a sudor, se mojaba los labios con la punta de la lengua y pensé que pediría cerveza.

Pero eligió aguardiente, lo pidió doble, un gran vaso que se llevó temblando hasta la boca y que bajó como si fuera agua.

—Si se van a ir —hablaba muy despacio— tendrán que hacerlo ahora. Cito Francisque, el mismo que limpió el Mont des Enfants Perdus, viene para acá a limpiar el Casetaches.

Sarah miró hacia el techo, miró hacia las paredes carcomidas, se concentró de nuevo en su vaso, simuló que la advertencia no iba con ella.

—Si no se van, no sé qué les podrá pasar. Igual los dejan vivos, igual los matan y les arrancan el pedazo. Según el pedazo que les arranquen, se sabrá la banda que los terminó.

—No creo que nos maten —balbuceó Sarah—. Nos mandan bajar y punto. Hay que esperar. ¿Qué daño hacemos allá arriba?

La muchacha que acompañaba al viejo se levantó para ir en busca de otra bebida, luego caminó un poco entre las mesas, como si le costara volver a sentarse. La miré con cuidado, se trataba de una negrita eléctrica y musculosa, una niña habituada al trabajo rudo. En ese momento ella se fijó en mí, me sorprendió mirándola y por un segundo tuvo la ilusión de que tal vez me interesaba en ella, pero enseguida reparó en Sarah, una mujer blanca y mal peinada con un hombre blanco y cansado y confundido. Pensó que éramos pareja y cambió la vista, acostumbrada como estaba a perder.

—Suban, si quieren —dijo Thierry—, pero háganlo rápido, mientras más rápido mejor.

Me preocupó su tono y la distancia que estaba tomando. Tuve la impresión de que no volvería a subir con nosotros, posiblemente había decidido quedarse en Marfranc, o regresar a Jérémie y averiguar dónde se había metido su hermano Paul, o qué habían hecho de él.

Tal vez se iba a encargar de poner a Carmelite y a Mireille a buen resguardo, acaso iba a escapar con ellas a Bombardopolis.

—No entiendo que se quieran quedar aquí —caviló Thierry, reparando de pronto en la muchacha, que había vuelto junto al viejo y nos miraba con cierta tristeza—, aunque dicen que la gente no se muere donde quiere, sino donde debe, donde los agarre el ánima.

Volvió la música del radiocasete, un chachachá francés con un estribillo pegajoso: *«Je ten pris ne sois pas farouche, quand me vient l'eau à la bouche»*.

—Nos quedamos —le dije a Thierry, poniéndole una mano en el hombro—. Si quieres volver a Port-au-Prince, yo lo entiendo.

Había dejado de sudar. El aguardiente le devolvió la calma y desde esa calma me echó una mirada borrosa, como si estuviéramos todos sumergidos.

—Cobré por adelantado. Voy a subir con ustedes, pero no sé cómo vamos a bajar.

—Con la *grenouille du sang* —le dije—. Bajaremos con ella. Y si llegamos vivos a Port-au-Prince, te juro que te regalaré un avestruz.

—El pájaro —murmuró Thierry.

Sarah se echó un largo sorbo de aquella candela y sacó su primera gran sonrisa en mucho tiempo, era una hermosa sonrisa llena de preocupación.

—¿Dijiste un avestruz?

En 1992 desaparecieron cuatro especies de ranas del Parque Nacional Cusuco, en Honduras. *Eleutherodactylus milesi, Hyla soralia, Plectrohyla dasypus* y *Plectrohyla teuchestes*, cuyas poblaciones eran abundantísimas en la zona, anteriormente no habían dado señales de problemas de hábitat o declinación.

Las ranas desaparecieron sin dejar rastro, y ni siquiera pudo ser hallado un solo renacuajo de las cuatro especies en ninguno de los numerosos cuerpos de agua del lugar.

Los biólogos subrayaron «la naturaleza catastrófica e inexplicable» de estas desapariciones.

Cité Soleil

Le mentí a Blanche. Le dije que Frou-Frou era la mujer que me había acabado de criar cuando murió mi madre. Blanche lo creyó porque Frou-Frou no tenía cara de otra cosa, estaba seca y se veía distinta. En el entierro de Julien, cuando salíamos del cementerio, me tomó una mano y me pidió que la llevara lejos, que la llevara a ver algún lugar bonito del que pudiera acordarse en la hora de su muerte. Ella nunca había salido de Jérémie, lo único bonito que recordaba eran aquellos banquetes de la familia, y hasta esos banquetes terminaron mal. Así que pensé en llevarla a Port-au-Prince. Le pedí a Carmelite que le preparara una maleta y viajamos por mar.

Le Signe de la Lune, aquel barco grande y recién pintado en el que viajé para conocer a Papá Crapaud, ya no existía, no sé si se había hundido o se lo habían llevado para Cayes, de Cayes salían los barcos que llevaban pasajeros a Jacmel. Por aquel tiempo lo que había era un paquebote que se llamaba *Yankee Lady* —siempre me fijo en los nombres de los barcos y me pregunto por qué se los habrán puesto—, una máquina gastada y ruidosa que parecía que nunca iba a llegar a ningún lado. Ese trozo de mar que va desde Jérémie hasta Port-au-Prince tiene un color distinto al de los demás mares que conozco, se encrespa de otro modo, levanta una espuma poquita y medio amarillenta, que parece la espuma del orín, o de la mala cerveza.

Con Frou-Frou subí a ese barco muy temprano, los que llegaban tarde, tenían que hacer la travesía agarrados a los palos de la cubierta, o subidos al techo, o metidos en la bodega, que era un infierno sin ventanas y con las malas miasmas de los animales. Los vendedores que iban a Port-au-Prince para ofrecer su mercancía pagaban un poco más por viajar ellos arriba y amarrar abajo a sus chivitos, o acomodar jaulas de pollos, o meter su par de cerdos marrones, todos los animales iban juntos, con algunos cristianos que no hallaban otro agujero mejor.

Subimos y nos acomodamos en dos asientos que daban hacia el mar. La maleta de Frou-Frou iba a mis pies. Ella llevaba zapatos blancos, se había puesto un vestido planchado y un sombrerito azul, del sombrerito le colgaba un trozo de tela que le tapaba la mitad de la cara, era una tela transparente y yo podía verle los ojos. En lugar de la carterita negra que le había visto en el velorio, cargaba con un bolso grande, con su nombre bordado, que colocó sobre su falda.

Estuvimos callados mucho tiempo, le cogí la mano y le dije que en Port-au-Prince quería que viera aquel hotel tan grande y tan famoso donde conocí a Papá Crapaud; que allí tenían un piano verde, y que por las noches cantaba una mujer que se llamaba June y que se descalzaba sobre el piano verde. Frou-Frou me preguntó si había dejado mujer en Port-au-Prince y le hablé de Maude, del hijo que se nos murió y de la hijita que habíamos tenido y que se llamaba Yoyotte. Una hijita renacuajo que siempre estaba enferma. Luego le hablé de Suzy, esa enfermera que sabía hacer unas cosas y otras no, pero que de todo tenía que hacer en el hospital de Port-au-Prince. No le mencioné que Julien me la arrebató una noche, a los muertos hay que dejarlos descansar. Al final le confesé que de todas las mujeres que había conocido, Blanche era la que más se me parecía a ella. En su casa nos quedaríamos los dos, le expliqué que no tenía mi propia madriguera porque había estado dando tumbos desde que me separé de Maude: unos días me quedaba en la covacha de Jean Leroy; otros en la casa donde vivía Suzy con su madre; y cuando terminé con Suzy de nuevo a lo de Jean Leroy. Ahora estaba con Blanche y pensaba que las dos se iban a llevar muy bien.

—¿Ella sabe que has dormido conmigo?

—Sabe que eres como mi madre.

Frou-Frou levantó el trozo de tela que colgaba del sombrerito y me miró rabiosa.

—Con las madres los hombres no se revuelcan.

Dejó caer la tela y se viró hacia el mar, había otros barcos atracados junto al *Yankee Lady*, y bastantes botes, un hombre desnudo limpiaba con baldes de agua la cubierta de uno de esos botes. Frou-Frou se le quedó mirando, el hombre tenía unos brazos largos como culebras vivas, y una cabeza redonda de tortuga, demasiado pequeña para su cuerpo de estibador. Al cabo de un rato lo vimos de perfil, orinando sobre el mar.

—Antes —dijo Frou-Frou—, lo que más me gustaba era ver a los hombres orinar.

Seguí callado. El hombre en el bote se sacudió su vergüenza y siguió limpiando con baldes de agua.

—Aquella noche que tu padre te mandó subir al Casetaches, vi orinar a un hombre y me volví loca.

Miré hacia el lado opuesto, al desembarcadero y a los vendedores que empezaban a llegar con sus banastos. El barco se iba llenando de pasajeros. Delante de nosotros, se sentó una mujer con sus criaturas.

—Fue el hombre de Port-au-Prince que vino con el extranjero. De madrugada sentí ruidos afuera y me asomé por la ventana, me pareció que era él y salí con una lámpara, me lo encontré de frente, mojando la hierba. El me pidió que apagara la lámpara y no me dejó prenderla hasta que empezó a amanecer y fui a despertarte para que subieras al Casetaches.

Cogí aire con la boca abierta, a veces uno tiene que coger el aire así, tragarse todo el que le quepa dentro. Una de las criaturas que estaba frente a nosotros, una niña, empezó a toser. Me acordé de mi hijita Yoyotte.

—El extranjero y el hombre de Port-au-Prince estuvieron todo el día paseando por Jérémie. Tú seguías arriba, buscando a la loca del Casetaches, y tu padre andaba lejos, por Saint Louis du Sud, alguien lo estaba contratando por allá. Cuando se hizo de noche, tus hermanos y yo comimos con aquellos hombres. El extranjero no nos quiso hablar y se acostó en su catre, pero el de Port-au-Prince se quedó un rato jugando con Julien. Por la madrugada vino a la cama de tu padre y se acostó conmigo, le dije que tu padre podía llegar de madrugada, y él entonces dijo que saliéramos. Salimos y le pedí que orinara para verlo. Me preguntó si no quería ir con él a Port-au-Prince, que allá lo vería orinar todos los días. Por la mañana llegó tu padre y se metió en la cama, aquella cama estaba fría porque yo había pasado la noche a la intemperie. Llegó con ganas de pisar y entonces no pude irme a Port-au-Prince.

La sirena del barco se escuchó tres veces, todavía había mucha gente subiendo, se empujaban y se quedaban colgando, un pie en el estribo y otro en el desembarcadero, se gritaban insultos. Una gallina cayó al agua y un hombre se tiró para cogerla, la sacó medio ahogada, boqueando y chorreando aceite. Frou-Frou estaría seca y se vería distinta, pero los labios los tenía igual que siempre, muy sabrosos y muy pintados, sentí la rabia mía y la de mi padre muerto porque aquel haitiano de Port-au-Prince la pisó todo lo que quiso. Y encima el extranjero le pagó sus buenas gourdes, por ayudarlo a entenderse con mi padre.

—Tu padre pisaba con todas. ¿Sabías que pisaba con

tu madre y con Yoyotte Placide, y que las dos luego se lo contaban?

Dije que sí con la cabeza. Frou-Frou había empezado a sudar, le vi gotitas en la cara y le pregunté si no traía abanico. Abrió el bolso y sacó uno muy antiguo, el de la cara de Papá Doc por un lado y el mapa de Haití por otro, me dio ese abanico y en lugar de abanicarme yo, empecé a abanicarla a ella.

—Otro día vino el padre de Carmelite. Tú estabas con Papá Crapaud, buscando ranas. Tu padre, como siempre, estaba en Bombardopolis. Yo estaba sola en casa, sola con Carmelite, y el padre de ella vino a ver si era verdad que vivíamos con Thierry Adrien. Se quedó un rato y pidió agua. Luego mandó a Carmelite a que le comprara cigarros, y entonces me obligó, en la cama de tu padre, allí quiso que lo hiciéramos. No le dije que tu padre podía llegar a cualquier hora, porque lo que quería era que llegara y lo rajara de una vez. Pero tu padre no llegó, él terminó contento y se levantó a fumar los cigarros que Carmelite le trajo.

El calor se aplacó tan pronto salimos a la mar abierta. Frou-Frou dejó de hablar, la criatura que iba delante de mí vomitó en la falda de su madre. Yo también sentí ganas de devolver, me levanté y fui a la baranda, me incliné hacia el agua y eché el café del desayuno. Cuando volví, Frou-Frou me dio un pañuelo para que me secara los labios.

—Una vez te vi orinar. Estuviste un rato orinando y pensando.

Le devolví el pañuelo. Frou-Frou sonrió.

—Fue después que se murió tu padre. Por eso te dije que te lavaría la ropa.

Sonreí también y le eché el brazo por encima. Parecíamos marido y mujer. Un marido con una mujer que podía ser su madre.

215

—Fuiste el último que vi orinar.

Alzó la cabeza para mirarme y le di un beso en los labios, aquellos labios que no importaba cuán flaca ella estuviera, seguían siendo muy gordos y morados. A media tarde llegamos a Port-au-Prince y fuimos a la casa de Blanche. Desde el principio se entendieron, hablaban mucho de mí y eso me contentaba. De noche me acostaba a dormir con Blanche, sabiendo que Frou-Frou estaba del otro lado del tabique, trataba de no hacer ruido y Blanche, que era una mujer decente, tampoco hacía ninguno. Una tarde les dije a las dos que se arreglaran, que iríamos al hotel Oloffson a tomar un trago. Blanche preguntó si estaba seguro de que nos dejarían entrar, le expliqué que todos allí me conocían desde los años en que andaba con Papá Crapaud. Frou-Frou se veía menos seca ese día, se puso otro vestido planchado y estuvimos paseando por las calles de Port-au-Prince hasta muy tarde. Cuando volvimos a la casa, Blanche quiso que abriéramos otra botella, estaba mareada y se quería seguir mareando. Frou-Frou, con la lengua enredada, dijo que quería decirme algo, que cualquier día ella se iba a morir y convenía que yo supiera aquel secreto. Empecé a sudar frío y miré a Blanche, tuve miedo de que Frou-Frou hablara de nosotros, pero no era ése su secreto, sino el de su hija Carmelite. La niña que Carmelite había tenido con Jean Pierre, esa Mireille que había nacido tan flaquita, no era de Jean Pierre, sino de mi hermano Paul.

—Eso no cambia nada —le respondí muy aliviado—. Como quiera es mi sobrina.

—Algún día habrá que decírselo —insistió ella—. Quiero que se lo digas a tu hermano.

Le prometí que lo haría, aunque nunca quedó claro a cuál hermano debía decirle qué cosa. Al final nos reímos y bebimos para celebrar aquel enredo.

Blanche también se dedicaba a la costura y le quedaba mucho tiempo libre, por eso salía de vez en cuando con Frou-Frou, la llevaba de paseo cuando yo estaba en mi trabajo, compraban cortes de tela y tomaban alguna cerveza por ahí. Entre las dos me cosieron una camisa del color de la *grenouille du sang*, siempre había querido tener una camisa roja.

La noche antes de que Frou-Frou volviera a Jérémie fuimos al Samedi Night Club a celebrarlo. Ya no era un lugar tan elegante, ni siquiera el bulevar Allegre era un sitio muy animado. Los espejos del bar estaban rotos y la gente que iba era distinta. Me cuidé de no mencionar a Julien, hay muertos que no saben descansar. Bailé una pieza con Blanche, y Blanche, que era una buena mujer, me lo pidió en voz alta: «Baila con tu madre». Abracé a Frou-Frou, abracé más bien todos sus huesos, y hasta esos huesos me recordaron cosas. Ella lo sintió y la oí preguntar por qué no regresaba a Jérémie; la apreté un poco más y le respondí que ese lugar ya no era para mí. Al otro día no dejé que Blanche nos acompañara al puerto, salí temprano con Frou-Frou, con la excusa de conseguir un buen sitio en el barco, y la llevé a Cité Soleil, a la covacha de Jean Leroy, que estaba vacía.

—Sabía que no íbamos al barco —dijo Frou-Frou—. ¿Crees que un hombre se revuelca con su madre?

Los huesos de una mujer no cambian. Los de un hombre, tampoco. Con los huesos lo hicimos aquel día, eran ellos los que se nos querían salir del cuerpo para mezclarse unos con otros y morirse allí. Y allí murieron: Frou-Frou no se movía, yo tampoco me podía mover, pero tenía que hacerlo. Ella, sin abrir los ojos, me cogió de un brazo y preguntó que adónde iba.

—Voy a orinar.

Me agarró más fuerte, tenía una boca que no necesitaba nada, con esa boca me mandó.

—Hazlo aquí.

Cuando terminamos, todavía estaba a tiempo de subir al barco y quiso irse. Le prometí ir a verla a Jérémie, y lo hice muchas veces, hasta que estuvo tan vieja que empezó a confundirme con mi padre, y me preguntaba por Claudine, que era mi madre, y por sus cinco hijitos, que éramos yo y mis hermanos. Nunca preguntó por Julien, creo que se lo borró del alma.

Con Blanche tuve mi tercer hijo. Fue un varón, y como el primero se había muerto, y la segunda, mi pobre hijita, estaba por morirse, lo pensé mucho antes de ponerle nombre. Blanche quería que se llamara Thierry, y le dije que ese nombre le traería mala suerte. Luego quiso que se llamara como su padre, Henri, pero el viejo tenía ya muchos achaques, no quería que mi hijo, junto con aquel nombre, chupara también la enfermedad. Le puse Charlemagne, que siempre me pareció un nombre de varón, era el nombre de aquel medio hermano de Yoyotte Placide que se dedicaba a preparar venenos en Gonaïves.

Una noche, a poco de haber nacido Charlemagne, Maude me mandó buscar porque nuestra hijita, aquella Yoyotte que no tenía ni cuatro años, se había muerto en el hospital de Port-au-Prince. Blanche me acompañó al funeral y allí conocí al nuevo marido de Maude, me pareció un hombre derecho, pero no le di la mano. No se le da la mano a un hombre que ensucia el plato donde hemos comido, por muy derecho que sea.

Tiempo después, volví a preñar a Blanche, que para entonces dejó de hacer costuras y empezó a criar una barriga grande y empinada. Tuve ilusión de que me pariría gemelos, la comadrona dijo que podían ser hasta tres, pero que Blanche era muy vieja para sacar tantas criaturas. Dos días antes de que vinieran al mundo esos gemelos —uno se salvó, el otro bajó muerto—, me llamaron de la Sociedad y me ordenaron que matara a un hombre. Como yo estoy rayado, tuve que obedecer. El hombre se llamaba Paul Marie y lo acabé a cuchillo. Otra cosa no se usó nunca para arreglar las cuentas de la Sociedad. Con sangre se adora, y con sangre se despierta al mundo. Cambié mucho después de dar la muerte. Un hombre sí cambia por eso.

Breakfast at Tiffany's

Sarah recogió sus bultos y se instaló con nosotros, compartiríamos la misma tienda. No estaba segura de que Edouard pudiera regresar. Thierry había oído comentar que los caminos de Jérémie a Marfranc estaban cerrados, había soldados por todas partes impidiendo el paso, los soldados estaban avanzando hacia la montaña y de un momento a otro empezarían a subir. Calculamos que nos quedaban provisiones para cuatro o cinco días, en ese tiempo debíamos encontrar, en mi caso a la rana, y en el de Sarah el cactus, su ejemplar femenino de *Pereskia quisqueyana*, esa muchacha absurda que se ocultaba en algún rincón del Casetaches.

Ella continuaba levantándose al amanecer, a la hora en que nosotros regresábamos al campamento. Durante dos días coincidimos en el desayuno, café instantáneo con galletas, y también en la cena, comíamos torta de harina de mandioca y sardinas en aceite. Agradecí que fueran en aceite. Detesto las sardinas en tomate. Las comía, casi a diario, el vietnamita del rancho de mi padre —Dino, Vu Dinh, ese chinito imprescindible—, no importaba lo que le sirvieran de comida, Dino abría una lata de sardinas. En verano, nos sentábamos juntos a la mesa, en la galería que daba a los corrales, mi padre siempre almorzaba con sus empleados y yo los acompañaba durante las vacaciones. Por desgracia el menú variaba poco: filete de avestruz con vegetales; avestruz gui-

223

sado con calabacines; pastel de zanahoria y avestruz. Jamás pollo o pescado, jamás carne de res. Lo que era en su rancho, no se le daba la más mínima tregua a los competidores. Competidores desleales, alegaba mi padre, que se aprovechaban de la falta de imaginación de los consumidores.

La rubia de las incubadoras se sentaba junto a Vu Dinh y le robaba un trocito de sardina. Había un muchacho pelirrojo, mudo por decisión, que ayudaba limpiando los corrales y que se sentaba al lado mío. Luego estaba el viejo que cuidaba del almacén, y los dos hombres, dos hermanos que se encargaban, junto con mi padre, del trabajo rudo: darles de comer a los pájaros adultos, cambiarles el agua tres veces al día y enlazarlos cuando hiciera falta, derribarlos para que el veterinario pudiera examinar un cuello, un pico, una pata que no se apoyaba bien, y desde luego el buche. Del buche de un avestruz podía esperarse cualquier cosa.

—Un momento —susurró Thierry—. Si Dios quiere es ella.

Era nuestro tercer día en la montaña, el tercero de la última ronda de expediciones, no habría ya ninguna más. Acabábamos de salir del campamento, sólo habíamos caminado unos veinte minutos y nos hallábamos en una zona poco apropiada para que pululara ninguna rana, mucho menos la *grenouille du sang*. Se trataba de una pendiente bastante seca, sin hierbas ni bromelias, y pensé que la ansiedad de Thierry por terminar con aquella búsqueda lo estaba llevando a la alucinación.

—Si Dios quiere...

Caía la tarde y todavía quedaba alguna luz, una luz como una mantequilla plácida que resbalaba lentamente entre los árboles y remansaba, líquida ya, sobre la tierra.

—La puedo oler —volvió Thierry—. Habrá que esperar a que oscurezca.

—Imposible que esté por aquí —le dije—. No es la vegetación, mejor subimos.

—Anda perdida, pero es la demonia. La pude oír, señor.

Me recosté contra un arbusto y eructé el sabor de las sardinas. Después que nos comprometimos, Martha me acompañó un verano al rancho, estuvo apenas diez o quince días, y me ayudaba a lavar los huevos de avestruz. Enjabonaba y cepillaba con mucha destreza, me decía que en lugar de huevos, le parecía que estaba lavando platos. La mujer de las incubadoras, aquella rubia eficiente, la ignoraba. Me daba las instrucciones a mí para que yo se las transmitiera a ella, veía en Martha a una intrusa, la típica universitaria frívola que viene al rancho detrás del rabo de su novio. Esa expresión no es mía, la utilizó mi padre después que Martha se marchó. Me enseñó el recorte de periódico donde aparecía nuestra fotografía anunciando eso que llaman «compromiso de esponsales», me preguntó si no me avergonzaba de eso, le dije que me daba igual. La abuela de Martha, que era muy detallista, se había encargado de mandar la foto y una pequeña nota, y allá fuimos a dar, a las páginas de sociedad, junto con las demás parejas que pensaban casarse el próximo verano, o que se acababan de casar.

—Debemos seguir —le susurré a Thierry, que se había acostado bocabajo, con la barbilla apoyada en el suelo y los ojos fijos en ninguna parte, todos sus sentidos concentrados en su negrísima y redonda oreja—. No puede estar aquí —añadí—, ¿dónde se va a meter?

Se desorientan o se pierden las ranas más jóvenes; se exponen a condiciones peligrosas porque no tienen malicia. La capacidad de protegerse y de ocultarse es una conducta aprendida en casi todos los anfibios. Las pocas *grenouille du sang* que quedaban en el mundo, si es que alguna quedaba, tenían que ser por fuerza adultas. Y no tenía sentido que un ejemplar adulto se comportara de esa forma temeraria.

—Si Dios quiere, señor...

No sé si oraba implorando a sus «misterios», a sus *loas*, a sus dioses impenetrables y nocturnos que le pusieran a la rana en el camino. Decidí que esperaría otra media hora, ni un segundo más. Nos quedaban sólo esa noche y la siguiente, horas escasas para despedirnos del Casetaches, y despidiéndonos de allí, no había otro lugar donde buscar. Nos despedíamos también de Haití y del *Eleutherodactylus sanguineus*. Llamar a Vaughan Patterson iba a ser lo más difícil. Los herpetólogos no entienden ciertas cosas. A Patterson no se le podía hablar de ningún tema ajeno a los anfibios, despreciaba a los colegas que estando a su lado se referían a algo tan pedestre, tan innecesario, tan banal como una cátedra vacante en la universidad, el cumpleaños de un hijo, la enfermedad de un padre. Si no lograba capturar a la rana, ¿qué le diría cuando lo llamara a su laboratorio de Adelaida, cómo explicarle que Haití no era un lugar a secas, un nombre solo, una montaña con una rana sobreviviente? ¿Cómo contarle sobre Cito Francisque, el hombre que me había sacado a palos del Mont des Enfants Perdus? ¿Cómo hablarle de los animales que echaban todavía vivos a las hogueras, y del polvo y de las pestilencias, las abominables, impensables, desconocidas pestilencias? ¿Cómo describirle las calles, los albañales abiertos, la bosta humana en medio de la acera, los cadáveres del amanecer, la mujer sin sus manos, el hombre sin su rostro? ¿Cómo lograr que Patterson, muriendo de leucemia, su vida pendiente del hilo de curiosidad, de rigor, de pasión científica que lo unía a esa rana, comprendiera que Luc, el guía de los botánicos, había sido enterrado sin sus pies, y que Paul, el hermano de Thierry, probablemente se estuviera pudriendo en una esquina, con un trozo de menos en su carne? ¿Cómo meterle en la cabeza que Haití, gran Dios, se estaba terminando, y que esa loma de huesos que iba creciendo frente a nuestros ojos, una loma más alta que el pico Tête Boeuf, era todo lo que iba a quedar?

—Es la demonia —se ahogó Thierry—, bájese a ver...

Prendió su linterna y mantuve apagada la mía. Me dejé guiar por el camino de luz que iba trazando, comencé a arrastrarme sin hacer ruido, empujándome con los codos, respirando al mínimo, sin apoyar la cabeza.

—¿La ve?

La luz se detuvo. Había una piedra junto a un pequeño tronco, un poco de hierba al pie de ese tronco, me incorporé para mirar y quedé paralizado.

—Dígame si no lo sueño —balbuceó Thierry—, porque la estoy mirando.

La rana estaba de espaldas, vi su dorso encendido y distinguí con claridad las patas, los dedos de un tono más claro que el resto de su cuerpo. Inmóvil parecía una especie de capullo venenoso, una fruta, una pequeña víscera radiante.

—Dígame, señor.

Le ordené que avanzara, ahora no le podía quitar la luz de encima, la rana podía saltar y desaparecer, teníamos que mirarla hasta que se nos quemaran los ojos, seguirla adonde fuera, morirnos si era necesario con tal de no perderla. La *grenouille du sang* acomodó una de sus patas traseras, pero no se movió.

—Debe estar enferma— susurró Thierry.

Nos hallábamos casi encima de ella, la vimos dar un salto corto, con el que ni siquiera se apartó de nuestro campo visual. Sólo que quedó de perfil, la luz le dio de refilón y le alumbró la medialuna plateada de aquel ojo. Lo que no me conmovió su aparición, ni su color abun-

227

dante, ni su quietud, me lo provocaba ahora esa línea, ese pequeño resplandor de espejo alrededor de su interior abismo: una pupila que brillaba con la fuerza absoluta de un presagio.

—Es suya —me animó Thierry.

Le advertí que daría vuelta por detrás del arbusto para colocarme en un ángulo más cómodo. Lo mejor era que él permaneciera allí, enfocándola, sus cinco sentidos puestos sobre el animal.

—Siga tranquilo.

Calculé que cada paso que diera hacia la rana me ocuparía un mínimo de cinco a seis segundos, y que ubicarme en el lugar donde pudiera darle alcance, me tomaría en total unos tres minutos. Al final, me tomó un poco más de tiempo, y en ese lapso la oímos cantar. Fueron dos llamados cortos y poderosos, regurgitaba su voz, como un reclamo para nadie, una burbuja desesperada y sola que venía del fondo.

—¡La tengo!

Se trataba de un macho adulto, bastante viejo por lo que deduje de la piel de las patas y de la cabeza, desorientado entonces por los años. Tuve la sensación de que me hallaba frente a un ejemplar longevo, una criatura que se olvidó de morir, o que se refugió en alguna parte adonde no llegó el aviso, si había sido aviso, o la orden de aniquilamiento, si fue eso. La metí en la bolsa plástica rellena con musgo y frondas de helecho, y luego coloqué la bolsa en el compartimiento protegido que ya había preparado en mi mochila.

—¿No habrá otra cerca?

Thierry, que me alumbraba con su lámpara, sonrió como si asistiera a un suceso preparado de antemano, a la culminación de una maldita broma.

—Usted lo sabe. Ese bicho tiene muchos años. No hay otra rana, ésa es la última.

Aun así nos quedamos un rato. Thierry advirtió que había que celebrar y pagarle su tributo a Papa Lokó, el dueño de los árboles, de las bromelias y de toda la hierba viva o muerta: «El dueño, señor, es el que más mea en la loma». Traía una caneca de ron en su mochila, la destapó y dejó caer un chorro sobre la tierra, me la pasó para que bebiera un trago y luego lo hizo él. Emprendimos el regreso al campamento, era medianoche y pensé que Sarah estaría dormida. La íbamos a despertar, seguro, la llamaríamos para mostrarle a la *grenouille du sang*, para que bebiera ella también un sorbo generoso por el pico de la botella.

Sarah estaba despierta, muy pálida, esperándonos. No había podido pegar ojo debido a los disparos, primero fueron ráfagas lejanas, probablemente la cosa era en Marfranc, luego las oyó más cerca, se preguntaba si ya estarían subiendo. Ante esa circunstancia, no le dio demasiada importancia al hecho de que hubiéramos atrapado al *Eleutherodactylus sanguineus*.

—Tengo que seguir —me dijo, supuse que ya se veía sola en la montaña—, ¿a quién le puedo molestar aquí?

Thierry se ofreció para bajar. Conocía varios atrechos que lo devolverían a Marfranc antes de la amanecida. El sabría cómo moverse por el pueblo, averiguar lo que pasaba allí, y también la situación de la carretera que iba de Marfranc a Jérémie.

—Me quedaré trabajando con la rana —le dije, Thierry sabía que tenía que preservarla.

—Dígale adiós de mi parte. Esa demonia es sagrada.

Sarah se ofreció para ayudarme. Alegó que no tenía sueño, que los disparos la habían desvelado y que se quedaría despierta hasta que regresara Thierry. Creo que en el fondo temía que al francés le hubiera sucedido algo, aunque no lo dijo, era incapaz de revelar un sentimiento, me recordaba un poco a Vaughan Patterson:

no toleraba, o no le importaba que le hablasen de otra cosa que no fueran esos cactus. Mientras trabajaba con la rana, le comenté que tendría que llevarla personalmente a Australia, el animal estaba destinado a un laboratorio de la Universidad de Adelaida.

—Pues cuando encuentre a la *Pereskia* —me confesó ella—, después que salga de dejarla en el Jardín Botánico, voy a ir a casa, voy a poner una película y voy a desayunar mirando esa película.

Me eché a reír. Una sola vez estuve en el Jardín Botánico de Nueva York, pero me mantuve más pendiente de los anfibios que de otra cosa. En eso me parecía a Papá Crapaud: yo no tenía más mundo que las ranas, y las tripas de las ranas, como bien decía Thierry, son incapaces de ilustrar a un hombre. Decidí que al regresar a casa, antes de partir hacia Adelaida, dejaría de una vez resuelta mi situación con Martha.

—Voy a desayunar cuando entregue ese cactus, así sean las once de la noche. Voy a comprar un café y unas tostadas y me sentaré frente al televisor.

Entonces me contó que había visto *Breakfast at Tiffany's* al menos sesenta veces. Audrey Hepburn tomaba su café mirando los escaparates de una joyería, eso la apaciguaba. A Sarah, en cambio, lo que la apaciguaba era mirar a Audrey Hepburn apaciguándose con las joyas. Era como una cadena. O como un sueño dentro de un espejo.

Thierry regresó por la mañana. Ya le conocía esa expresión alucinada, esa cara de asombro, un cómico estupor en la mirada: mitad de burla, mitad de miedo. Me había dado cuenta de que aquél era un rasgo perfectamente haitiano.

—Olvídense de Marfranc.

Sarah me miró y yo le pedí a Thierry que se sentara. Aún estaba de pie, como un visitante ocasional, como un espectro.

—Habrá que tirar de aquí hasta Jérémie cortando atrechos. Y de Jérémie hasta Port-au-Prince, por barco.

Le pregunté por el automóvil, el Renault que había marchado hacia la capital, con Edouard y con el hombre de Marfranc que lo iba conduciendo, y también con el cadáver de Luc.

—No han vuelto —dijo.

Empezamos a recoger. Thierry advirtió que cuanto más rápido saliéramos, más posibilidades tendríamos de llegar con bien a Port-au-Prince.

—Yo me quedo —dijo Sarah.

Thierry se detuvo a mirarla. Ella se retorcía las manos.

—De un momento a otro voy a dar con la *Pereskia*, no creo que les moleste una mujer aquí, ¿qué les puedo molestar?

Traduje para Thierry, que se quedó un momento pensativo y volvió a su labor, recogió todos los frascos, los papeles y las mochilas. En una se dio vuelta y se fijó en Sarah, que se había quedado como hipnotizada viéndonos recoger.

—Si se queda aquí, se morirá mañana. Bájela a la fuerza, a la mujer del extranjero la bajé amarrada.

Traté de hacerla entrar en razón, estuvimos hablando mientras todo mi equipaje quedaba organizado: tres mochilas amontonadas en la puerta de la tienda, una carpeta llena de apuntes y media docena de grabaciones. Allí estaba la voz de la *grenouille du sang*, el aviso territorial y solitario, el estupor del mundo, ese perpetuo canto horrorizado.

—Me quedo —dijo Sarah, cerrándose definitivamente.

Caminé junto a Thierry y estuve cavilando un rato en voz alta. Le confesé que ya no sabía qué decir, ni a qué miedos o a qué horrores apelar para convencerla.

—No quiere moverse —concluí.

—Ninguna quiere —dijo Thierry—. Todas se atarantan. Se lo dije hace tiempo, hay que bajarlas a la fuerza. A ésta también se la puedo amarrar.

—No podemos, Thierry, no está loca.

—Lo está. Pero a Cito Francisque eso le importa poco. Le arrancará la cabeza de todos modos.

Ya no hubo más intentos. Me colgué un par de mochilas al hombro, fui donde Sarah y le estreché la mano, la retuve a propósito, era la mano de tantear el bosque y de apartar la tierra, la misma mano codiciosa y áspera que tanto se parecía a la mía. Ella detestaba las despedidas, pero fue capaz de soportar tranquilamente ésta. Luego me dio la espalda, recogió su mochila y caminó en la dirección opuesta, me quedé viéndola hasta que desapareció en los senderos de la loma.

Thierry y yo escapamos haciendo un largo rodeo por las afueras de Marfranc. El entró al pueblo a buscar comida y averiguar de qué forma podíamos acercarnos a Jérémie. En el pueblo no había mucha animación, en realidad ninguna: velaban a seis muertos en sus propias casas, pero al menos conseguimos nuevas latas de sardinas y algo de licor, y además resolvimos el traslado a Jérémie, pagamos a un hombre para que nos llevara en su motocicleta. En el puerto de Jérémie abordaríamos el *Neptuno*, un *ferry* que iba directo a Port-au-Prince, Thierry lo tenía todo planeado, no nos podíamos arriesgar a viajar por carretera. Eso significaba perder, como mínimo, el equipaje, todas las mochilas con el equipo, bajó la voz, «y la *grenouille du sang*».

Llegamos a Jérémie de madrugada. Fuimos derecho a la casa de Thierry, donde ya no estaban ni Carmelite ni Mireille.

—Quién sabe si Paul apareció —me dijo—. Se las llevó a las dos.

Era la primera vez que me duchaba en varios días. También la primera vez que comía caliente: Thierry hizo un caldo y lo bebimos al amanecer. Luego salimos, no convenía quedarse demasiado tiempo en esa casa. El *Neptuno* zarpaba a media tarde, y para hacer tiempo fuimos a visitar a un antiguo amigo de su padre, uno de aquellos hombres de la cuadrilla. Mientras ellos hablaban, me recosté en mi saco y dormí de un tirón hasta que Thierry me despertó con una sacudida.

—Vámonos a Port-au-Prince.

Doblé el saco, acepté un vaso de ron de despedida, y me acordé de Sarah. Fuimos caminando hacia el puerto, el barco aquel me pareció un desastre, pero por suerte la·travesía era bastante corta. Ese trozo de mar, que Thierry recordaba tan diferente y encrespado, se convertía, de pronto, en nuestra única salida. Nos acomodamos con nuestros bártulos muy cerca de la proa, y dos hombres que cargaban con un pequeño chivo vinieron a sentarse al lado nuestro. Uno estaba descalzo, el otro llevaba unas sandalias tejidas; Thierry también llevaba sus sandalias, todas manchadas de barro. El barco comenzó a moverse y de nuevo me empezó a dar sueño, tomé la mochila en la que había metido a la *grenouille du sang* y me la amarré bien a los brazos. Thierry se quedó mirándome y soltó una parrafada triste, era como una confesión, habló del hombre al que pasó a cuchillo y habló de toda su familia. Me di cuenta de que él mismo era una especie en agonía, un animal acorralado, un hombre demasiado solo.

—Tenga cuidado con la rana —fue lo último que le oí decir—, agarre fuerte a esa demonia.

Neptuno

Quise olvidarme de que maté a aquel hombre. Se merecía su castigo, se merecía más que todo eso: comprenda, cogió una tiza con los dedos, con los dedos de los pies, porque otra cosa no se vale, fue donde el Ireme, que era un jefe grande de la Sociedad, y allí mismo le rayó la espalda. La espalda de un Ireme es sagrada y él lo destruyó, lo hizo muerto, lo convirtió en mujer. Es la desgracia mayor que puede ocurrirle a un *abakuá*.

Se supo que lo había hecho por venganza, por una rencilla que tuvo que ver con el trabajo de ellos, los dos eran estibadores. Pero me designaron a mí para que lo terminara, es algo que te toca un día o no te toca nunca, y a mí me tocó, el Fundamento me señaló, me dieron la orden y fui a buscarlo.

Llegué por la mañana a una calle que se llama Rue Chantal, donde está el puesto de manzanas, el único lugar en Port-au-Prince donde se venden las manzanas de Francia. Me paré de frente a la montaña de frutas, lo vi venir, no lo conocía, pero lo saludé como a un hermano, en el saludo le arranqué la vida. Enseguida fui a mi casa, abracé a Blanche y a mi hijito Charlemagne, eso hay que hacerlo después que se termina con un hombre. La Sociedad me consiguió un trabajo en Saint Michel de L'Attalaye, y allá me mudé con mi familia.

Crecieron los varones, mis dos hijos. Charlemagne se hizo marino, como su padrino Jean Leroy, pescaba atún lejos de Haití, y ya de grande se murió en el agua, dentro de la misma red donde sacaban al pescado, él se enredó en las cuerdas con otro pez distinto, dicen que quiso devolverlo al mar y el pez se lo llevó hasta el fondo. Honorat le pusimos al gemelo que salió vivo del vientre de su madre, otro que no hizo huesos viejos, porque lo mataron en una refriega de mujeres. Ya ve que tuve hijos, pero los fui perdiendo poco a poco. Y al final yo me alejé de Blanche. Descubrí que me había cogido inquina, un coraje que ni ella misma lo podía entender, acaso porque las criaturas le habían nacido en balde, o acaso porque se dio cuenta, con los años, de que Frou-Frou no era como una madre para mí. Nunca lo fue.

La dejé en Saint Michel de L'Attalaye y me fui a vivir con mi hermano Jean Pierre, allí detrás del basural que le enseñé aquel día. Estaba viviendo tan tranquilo cuando me enteré de que un extranjero, un buscador de ranas como Papá Crapaud, andaba por Port-au-Prince preguntando quién lo acompañaba a la montaña. El buscador de ranas era usted y aquí termina este camino que recorrimos juntos, en el *Neptuno*, ¿qué clase de palabra es ésa para bautizar a un barco?

Un hombre repite todos sus caminos, los repite sin darse cuenta y se hace la ilusión de que son nuevos. Ya no tengo ilusiones, pero tengo que caminar mis propios pasos, los pocos que me queden, tengo que hacer los míos y usted los suyos, y la mujer que se quedó allá arriba y que se morirá mañana, caminará otra vez lo que le toca. Hasta Cito Francisque, con ser tan poderoso, tiene que repetirlo todo, de loma en loma, de sangre en sangre.

Cuando murió Frou-Frou me acerqué a Jérémie para besar la tierra donde iba a descansar. Carmelite y Mireille llevaron unas flores al entierro, flores bastante mustias porque aquel día no se encontraron otras. Le estábamos rezando a su buen ángel, poco antes de que la bajaran para siempre, cuando las flores que llevaba Carmelite y también las que llevaba Mireille empezaron a deshojarse, vino una brisa y las desmelenó. Los pétalos cayeron en la fosa y fue como si alguien me pusiera un dedo en la frente. Me vino a la mente el entierro de Papá Crapaud y aquellos cucuruchos con pétalos de rosa que nos entregó Ganesha. Los muertos también repiten sus caminos. Volvió aquel dedo invisible a tocar mi frente y no me acordé del olor de las bostas ni de la peste a orín que tanto me repugnaban en Ganesha. Me acordé tan sólo de su rezo, Ganesha estaba muerta y su fantasma vino a soplarme en el oído:

«Tú, la oscuridad que envuelve el espíritu de aquellos que ignoran tu gloria».

Levanté la cabeza y supe que en la hora de mi muerte, yo también debía decir esas palabras. Estuve muchos días repitiéndolas, las repetí hasta que las aprendí completas, se me metieron en la carne y sé que ya no las olvidaré más nunca.

Veré venir a todos los que espero, a lo mejor a todos los que me quisieron, les tenderé los brazos y les hablaré despacio para que me entiendan bien:

«Tú, la oscuridad...».

Entonces ellos me darán la luz.

A mediados de la década de los setenta, se registró una merma considerable en las poblaciones de *Eleutherodactylus sanguineus,* una ranita terrestre de color rojo brillante que vivía únicamente en las regiones montañosas de la Isla de la Española.

Diez años más tarde, la rana desapareció de la República Dominicana. Al mismo tiempo, se informó que la especie también estaba a punto de extinguirse en Haití, donde habían sido avistados apenas unos pocos individuos en el Mont des Enfants Perdus, una montaña cercana a Port-au-Prince.

En noviembre de 1992, el herpetólogo norteamericano Víctor S. Grigg, realizó una expedición al mencionado monte, sin que lograra localizar ni un solo ejemplar de la *grenouille du sang,* nombre común que se le daba en Haití al *Eleutherodactylus sanguineus.*

Varias semanas después, atendiendo confidencias que ubicaban a la rana en el monte Casetaches, en el extremo occidental de la isla, Grigg se trasladó al lugar y realizó una intensa búsqueda, logrando capturar un ejemplar de macho adulto que, según sus propios informes, era el último de su especie en el planeta.

El 16 de febrero de 1993, cuando regresaba a Port-au-Prince desde el puerto de Jérémie, el barco en que viajaba Grigg zozobró frente a las costas de Grand Goave. Casi dos mil personas murieron en la tragedia. Ni el cadáver del científico, ni el de su ayudante haitiano, señor Thierry Adrien, pudieron ser recuperados.

El último ejemplar de la *grenouille du sang,* debidamente preservado, se perdió con ellos en el mar.

Ultimos títulos